세계적인 베스트셀러
『어린 왕자』의 에스페란토-한국어 최초대역

에스페란토 직독직해
『어린 왕자』

Origina titolo: Le Petit Prince

Antoine de Saint-Exupéry, 1943

Traduko: Pierre DELAIRE, Orleano,
          Francio (1919–1985)

**Tria, reviziita eldono de la Esperanta
traduko de Pierre DELAIRE**

KANADA ESPERANTO-ASOCIO
ESPERANTO-FRANCE

ISBN/ISSN 9782950737656

Formato 100paĝoj, 23cm, 2018

세계적인 베스트셀러
『어린 왕자』의 에스페란토-한국어 최초대역

에스페란토 직독직해
『어린 왕자』

오태영 옮김

진달래 출판사

제목 : Le Petit Prince
저자 : Antoine de Saint-Exupéry
삽화 : Antoine de Saint-Exupéry
발행 : 1943

에스페란토 번역자 : Pierre Delaire (3판)

Dediĉo de la tradukinto
AL MARILIS DORE-CAMY
Kiu sugestis al mi traduki tiun ĉi verkon
de A. de Saint-Exupéry kaj faris gravajn
servojn al la Esperanto-movado.

번역자의 바치는 글
내게 이 책을 번역하도록 제안했고
에스페란토 운동에 중요한 헌신을 한
MARILIS DORE-CAMY에게

『어린 왕자』 속의 상징과 의미를 찾아서

『어린 왕자』를 영문판으로도 여러 번 읽었고, 만화책으로도 여러 종류를 보았고, 이번에 에스페란토 판을 사서 다시 읽고 번역했습니다.

『어린 왕자』의 첫머리에는 '코끼리를 삼킨 보아 뱀'이 그림 1호로 나오는데 어른들은 모두 '모자'라 대답했고 자신은 이것 때문에 그림 그리는 것을 포기하고 말았다고 말합니다.
『어린 왕자』에 삽화가 많은 이유는 생텍쥐페리가 19살에 파리미술학교에 들어가 미술을 공부했기에 삽화를 그릴 충분한 실력이 있었기 때문이라고 합니다.

나중에 실제 비행기 조종사가 되고 글을 쓰는 작가인 나는 사막에 불시착해서, 어릴 때의 나인 어린 왕자를 만납니다.

어린 시절 그린 그림을 보여준 순간, 어린 왕자는 단번에 이해하게 됩니다. 동심의 상상력과 천진난만함이 서로 통한 것입니다.
그 안에 액자형식으로, 어린 왕자가 여행하면서 만났던 수많은 별과 그곳에 사는 사람들의 이야기를 그리고 있습니다.
어린 왕자가 만나는 인물들은 사람들 속에 숨어있는 다양한 욕구를 표현합니다.

왕은 권력의 덧없음을, 허영쟁이는 헛된 명예를, 술꾼은 쳇바퀴 도는 쾌락을, 장사꾼은 끝없는 돈에 대한 욕심을, 가로등지기는 의미 없는 일거리를, 지리학자는 쓸모없는 지식을 말합니다. 대부분 불행한 사람들입니다.

『어린 왕자』에서 제일 기억에 뚜렷이 남는 곳은 술꾼이 사는 별입니다.
술꾼은 술을 마시는 이유를 "잊기 위해서"라고 말합니다.
"무엇을 잊어버리려고요?"
"창피한 걸 잊어버리려고 마시지!"
"무엇이 창피한데요?"
"술을 마시는 게 창피하지"
그리고 같은 말을 쳇바퀴 돌 듯 반복합니다.

또한, 어린 왕자가 사는 별에 나오는 장미는 아내를, 어린 양은 동지를, 화산은 자녀를 의미한다고 생각합니다. 나아가 지구에서 만나는 여우는 친구를 나타냅니다.

어린 왕자는 다양한 별을 돌아다니다 일곱 번째 별인 지구에 도착하여 여우를 만납니다.

"네가 나를 길들이면, 너는 나에게 있어서 이 세상에 단 하나밖에 없는 유일한 어린이가 될 것이고, 나 역시 너에게 이 세상에 단 하나밖에 없는 여우가 될 거야."

장미가 소중한 이유는 장미를 위해 소비한 시간 때문이라는 비밀을 알게 됩니다.

"네가 오후 4시에 날 보러 온다면 난 3시부터 행복해질 거야."

일상에서 느끼는 행복의 비밀입니다.

"비밀을 일러 줄게. 아주 간단해. 자세히 보기 위해선 마음으로 보아야 해. 가장 중요한 것은 눈에 보이지 않아."

사막이 아름다운 것은 어딘 가에 오아시스가 있기 때문이듯, 하늘에 있는 별 중 어딘 가에서 웃고 있을 어린 왕자를 생각하면 삶의 행복이 밀려옵니다. 내가 시간을 들인 만큼 아내와 가족이 소중해지고 친구가 그리워집니다. 책을 읽으면서 이런 행복을 누리기 바랍니다.

2021.6 수정재에서 오태영

Dediĉo de la aŭtoro al Léon Werth

Pardonu infanoj, ke mi dediĉis ĉi tiun libron al "grandulo". Mi havas seriozan senkulpigon: tiu grandulo estas la plej bona amiko, kiun mi havas en la mondo. Mi havas alian senkulpigon: tiu grandulo kapablas ĉion kompreni, eĉ porinfanajn librojn. Mi havas trian senkulpigon: tiu grandulo loĝas en Francio, kie li suferas pro malsato kaj malvarmo. Li ja bezonas konsolon. Se ĉiuj tiuj senkulpigoj ne sufiĉas, mi volonte dediĉos ĉi libron al la infano, kiu iam antaŭe tiu grandulo estis. Ĉiuj granduloj unue estis infanoj.
(Sed malmultaj el ili memoras pri tio.)
Mi do korektas mian dediĉon:

Al Léon Werth,
kiam li estis malgranda knabo.

저자가 레온 베르트에게 바치는 글

아이들아, 내가 이 책을 어른에게 바치는 것을 용서해. 중요한 이유가 있어.
이 어른은 세상에서 가장 친한 친구야.
다른 이유도 있어. 이 어른은 비록 어린아이를 위한 책이라도 모든 것을 이해할 수 있어.
세 번째 이유도 있어.
이 어른은 파리에 사는데 굶주리고 추위에 시달리고 있어.
아저씨는 정말로 위로가 필요해.
모든 이유가 부족하다면, 전에는 그 아저씨도 어렸으니까 기꺼이 그때의 어린이에게 바칠게.
모든 어른도 누구나 처음에는 어린이였어.
(그러나 그 사실에 대해 기억하는 어른은 정말 드물어)
그러면 이 바치는 글을 이렇게 고칠게.

어린 시절의 레옹 베르트에게

《I》

Iam, kiam mi estis sesjara, mi vidis belegan bildon, en iu libro pri la praarbaro, titolita «Travivitaj Rakontoj». Tiu bildo prezentis boaon, kiu glutas rabobeston. Ĉi-supre staras kopio de la desegno.

내가 여섯 살 때 언젠가 나는 『경험한 이야기들』이라는 제목의 원시림에 관한 어떤 책에서 아주 멋진 그림을 보았다.
이 그림은 큰 짐승을 삼킨 보아 뱀을 보여준다. 바로 위에 그 그림의 사본이 있다.

En la libro oni diris:"La boaoj glutas sian rabajon unuglute, senmaĉe. Sekve ili ne plu povas moviĝi kaj dormas dum sia sesmonata digestado."

책에서 사람들은 "보아 뱀은 자기가 잡은 동물을 씹지 않고 한입에 집어삼킨다. 따라서 몸을 더 움직일 수 없어 소화하며 6개월간 잔다."고 말했다.

Ekde tiam mi multe meditis pri aventuroj en ĝangalo, kaj per kolorkrajono mi sukcesis miavice fari mian unuan desegnon. Mian desegnon numero Unu. Jen kiel ĝi estis:

그때부터 나는 정글에서의 모험에 대해 곰곰히 생각하였고 색연필을 가지고 내 나름대로 첫 번째 그림을 그렸다. 내 그림 1호다. 여기 이렇게 생겼다.

Mi montris mian ĉefverkon al la granduloj kaj ilin demandis, ĉu mia desegno timigas ilin.

나는 내 걸작을 어른에게 보여주었고 내가 그

린 그림이 무섭지 않으냐고 여쭈었다.

Ili al mi respondis:
"Kial ĉapelo timigus?"

어른들은 "왜 모자가 무섭게 하니?" 하고 내
게 대답했다.

Mia desegno ne prezentis ĉapelon. Ĝi
prezentis   boaon,   kiu   digestadas
elefanton. Do, mi desegnis la enhavon
de   la   boao,   por   komprenigi   la
grandulojn. Ili ĉiam bezonas klarigojn.
Jen kiel estis mia desegno numero Du:

내 그림은 모자를 그린 것이 아니었다. 코끼리
를 소화하고 있는 보아 뱀을 그린 것이었다.
그래서 어른들이 이해할 수 있도록 보아 뱀의
뱃속을 그렸다. 어른들은 항상 설명이 필요하
다. 여기 나의 그림 2호는 이같이 생겼다.

La granduloj konsilis, ke mi flanklasu desegnojn de boaoj, malfermitaj au ne, kaj prefere interesiĝu pri geografio, historio, kalkularto kaj gramatiko. Kaj tiel, en la aĝo de ses jaroj, mi rezignis grandiozan pentristan karieron. Mi senkuraĝiĝis pro la fiasko[1] de mia desegno numero Unu kaj de mia desegno numero Du. La granduloj neniam komprenas ion ajn per si mem, kaj al la infanoj estas lacige ĉiam kaj ĉiam doni al ili klarigojn.

어른들은 내가 속이 보이는 혹은 보이지 않는 보아 뱀을 그리는 것을 그만두고 오히려 지리, 역사, 산수, 문법에 흥미를 가지라고 충고했다. 그래서 여섯 살 때 화가라는 멋진 직업을 포기했다. 내 그림 1호와 그림 2호가 큰 실패를 했기 때문에 낙담했다. 어른들은 결코 혼자서는 무엇이든 이해하지 못하여 항상 그들에게 설명을 해야 하는 것이 아이들에게는 아주 피곤한 일이다.

---

1) 큰 실패

Mi do devis elekti alian metion, kaj mi lernis piloti aviadilojn. Mi flugis iom ĉie tra la mondo. Kaj mi tute konsentas, ke geografio multe servis al mi. Mi scipovis unuavide distingi Ĉinion disde Arizono. Tio estas ja utila, se oni vojeraris nokte.

그래서 나는 다른 직업을 골라야 해서 비행기 조종술을 배웠다. 거의 세계 곳곳을 날아다녔다. 그리고 지리가 내게 훨씬 도움이 된다는 것에 전적으로 동의한다. 나는 한눈에 중국과 애리조나를 구별할 수 있다. 그것은 밤에 길을 잃었다면 아주 유용하다.

Tiel, dum la daŭro de mia vivo, mi havis amasojn da kontaktoj kun amasoj da seriozaj homoj. Mi multe vivis ĉe la granduloj. De tre proksime mi vidadis ilin. Kaj tio malmulte plifavorigis mian opinion pri ili.

그렇게 해서 나의 삶을 살아가면서 수많은 진지한 사람을 만났다. 어른들과 부대끼며 오래 살았다. 아주 가까이서 그들을 쭉 살펴보았다.

그렇다고 해서 그들에 대한 내 생각이 나아진 것은 아니었다.

Kiam mi renkontis inter ili iun, kiu ŝajnis al mi iom klarvida, tiam mi provis per mia desegno numero Unu, kiun mi ĉiam konservis. Mi volis scii, ĉu tiu homo vere estas komprenema. Sed ĉiam oni respondis al mi:"Ĝi estas ĉapelo." Tiam al tiu mi parolis nek pri boaoj, nek pri praarbaroj, nek pri steloj. Mi adaptiĝis al ties komprenpovo. Mi priparolis briĝon, golfludon, politikon kaj kravatojn. Kaj la grandulo estis ja kontenta koni viron tiel konvenan.

내게 조금 똑똑해 보이는 이들을 만났을 때 항상 가지고 다닌 그림 1호를 꺼내 시험해보았다. 이 사람이 진짜 이해하는지 알기를 원했다. 그러나 항상 내게 "모자네요."라고 대답했다. 그러면 나는 그 사람에게 보아 뱀이나 원시림이나 별에 대해 전혀 말하지 않았다. 그 사람의 이해력에 맞게 조절했다. 게임이나 골프, 정치나 넥타이에 관해 이야기했다. 그리고 어른은 분별있는 사람을 알게되어 만족했다.

《II》

Do, mi vivis sola, sen iu ajn, kun kiu mi
povus vere interparoli, ĝis paneo[2] super
la dezerto Saharo, antaŭ ses jaroj. Io en
mia motoro rompiĝis. Kaj, ĉar estis kun
mi nek mekanikisto nek pasaĝeroj, mi
min pretigis por provi tute sola
sukcesigi malfacilan riparon. Tio estis
por mi afero pri vivo aŭ morto. Mi
havis trinkeblan akvon apenaŭ por ok
tagoj.

그때 나는 육 년 전에 사하라 사막에서 비행
기가 고장이 났을 때까지 서로 진심으로 이야
기 나눌만한 어떤 사람도 없이 혼자 살았다.
엔진의 어느 부분이 망가졌다. 그리고 나는 수
리기사도 손님도 없이 혼자라 어려운 수리를
완전히 혼자서 시도해보려고 작정했다. 그것은
나로서는 죽느냐 사느냐 하는 사건이었다. 간
신히 팔일 정도 마실 물을 가졌다.

La unuan vesperon mi do endormiĝis

---

2) 급정차(急停車), (발동기의 돌연)정지(停止).

sur la sablo, mil mejlojn for de kiu ajn
loĝata tero. Mi estis multe pli izolita, ol
ŝip-rompulo sur floso meze de oceano.
Sekve vi imagu mian surprizon, kiam
tagiĝe vekis min kurioza voĉeto. Ĝi diris:
―Mi petas vin⋯ desegnu por mi ŝafeton!

첫날 밤 나는 사람이 사는 땅에서 수천 마일
이나 멀리 떨어진 모래 위에서 자게 되었다.
바다 한가운데 파도 위의 난파된 배보다 훨씬
더 고립된 것이다. 따라서 해가 뜰 무렵 낯선
목소리가 나를 깨웠을 때 얼마나 놀랐는지 상
상해 보라. 그것은 "제발 어린 양을 그려주세
요." 하고 말했다.

―Kion?
"뭐라고?"

―Desegnu por mi ŝafeton!
"어린 양을 그려주세요."

Mi salte ekstaris, kvazaŭ trafite de
fulmo. Mi bone frotis miajn okulojn. Mi
bone rigardis. Kaj mi vidis tute

- 17 -

eksterordinaran hometon, kiu gravmiene rigardadis min. Jen la plej bona portreto de li, kiun mi poste sukcesis fari.

나는 벼락에 맞은 듯 뛸 듯이 일어났다. 나는 내 눈을 잘 비볐다. 나는 자세히 쳐다보고 나를 진지한 태도로 열심히 바라보는 정말 이상하게 생긴 어린아이를 보았다. 여기에 내가 나중에 그리기에 성공한 어린 왕자의 가장 잘된 초상화가 있다.

Sed kompreneble mia desegno estas

multe malpli rava ol la modelo. Pri tio mi ne kulpas. La granduloj senkuraĝigis min de pentrista kariero, jam kiam mi estis sesjara, kaj mi nenion lernis desegni, krom la fermitaj kaj malfermitaj boaoj.

물론 나의 그림은 실물보다 훨씬 신비감이 없다. 그 부분에 대해서는 내 잘못이 아니다. 어른들이 이미 여섯 살 때 화가로서의 경력에서 나를 좌절시켜, 속이 보이는 혹은 보이지 않는 보아 뱀 외에는 결코 그리기를 배우지 않았다.

Do mi rigardis tiun aperaĵon per okuloj tute rondaj pro miro. Ne forgesu, ke mi troviĝis mil mejlojn for de kiu ajn loĝata lando. Nu, mia hometo ŝajnis al mi nek vojerarinta, nek mortanta pro laco, malsato, soifo aŭ timo. Li neniel havis la aspekton de infano perdiĝinta meze de la dezerto, mil mejlojn for de kiu ajn loĝata lando. Kiam mi fine sukcesis paroli, mi diris al li:
—Sed… kion vi faras ĉi tie?

어쨌든 놀라서 완전히 눈을 휘둥그레 뜨고 어린 왕자를 쳐다보았다. 내가 사람이 사는 마을에서 수천 마일이나 멀리 떨어져 있는 곳에 있다는 것을 잊지 말라. 지금 이 아이는 내 눈에 길을 잃은 것 같지도 않고 피곤하거나, 허기지고, 갈증이나 두려움에 시달리는 것 같지도 않았다. 사람이 사는 마을에서 수천 마일이나 멀리 떨어져 있는 사막 한가운데서 길을 잃은 꼬마 같은 구석이라고는 어디에도 찾아볼 수 없었다. 가까스로 입을 열고 "그런데 여기서 무엇을 하니?" 하고 말을 걸었다.

Kaj tiam li ripetis, tute milde, kiel aferon tre gravan:
─Mi petas vin···desegnu por mi ŝafeton···

그리고 그때 매우 중요한 일이라는 듯 아주 나직하게 "제발 어린 양을 그려주세요." 하고 되풀이했다.

Kiam mistero tro impresas, oni ne kuraĝas malobei. Eĉ se tio ŝajnis al mi absurda ĉi tie, mil mejlojn for de ĉiu loĝataj lokoj kaj en danĝero de morto, mi tamen elpoŝigis paperfolion kaj fontoplumon. Sed tiam mi ekmemoris, ke mi lernis precipe geografion, historion, kalkularton kaj gramatikon, kaj (kun iom da malbona humoro) mi diris al la hometo, ke mi ne scias desegni. Li respondis al mi:

—Ne gravas. Desegnu por mi ŝafeton.

너무 크게 놀라면 사람들은 감히 반대할 마음도 못 먹는다. 그것이 내게 여기 사람이 사는 곳에서 수천 마일이나 멀리 떨어져 있는 곳이고 죽음의 위험 속에서 불합리하다고 보일지라도 나는 수첩과 만년필을 꺼냈다. 그러나 그때 나는 특별히 지리, 역사, 계산과 문법을 배웠다는 것을 기억해냈다. 그리고 (조금 기분이 나쁘게) 나는 그림 그리는 것을 알지 못한다고 말했다. 아이는 내게 "괜찮아요. 내게 어린 양을 그려주세요." 하고 대답했다.

Ĉar ŝafon mi neniam desegnis, mi refaris por li unu el la du solaj desegnoj, kiujn mi kapablis fari. Tiun de la fermita boao. Kaj en mirego mi aŭdis la hometon respondi al mi:

—Ne! Ne! Mi ne volas elefanton en boao. Boao estas tre danĝera, kaj elefanto okupas tro multe da spaco. Ĉe mi estas ege malvasta. Mi bezonas ŝafeton. Desegnu por mi ŝafeton.

양을 전혀 그려본 적이 없으므로 두 개의 유일하게 그린 그림 중 하나를 다시 그렸다. 내가 그릴 수 있는 보이지 않는 보아 뱀 그림을. 매우 놀라며 어린아이가 "아니! 아니! 나는 보아 뱀 안에 있는 코끼리를 원치 않아요. 보아 뱀은 너무 위험하고 코끼리는 너무 많이 공간을 차지해요. 내가 사는 곳은 아주 작아요. 나는 어린 양을 원해요. 어린 양을 그려주세요." 하고 내게 말하는 소리를 들었다.

Do, mi desegnis. Li atente rigardis kaj poste diris:

—Ne! Tiu ĉi estas jam tre malsana. Faru alian.

그래서 나는 그렸다. 주의하여 쳐다보더니 "아니! 이것은 벌써 너무 병들었어요. 다시 하나 그려주세요." 하고 뒤에 말했다.

Mi desegnis. Mia amiko ĉarme ridetis kun indulgo:
―Vidu mem… ĉi tio estas ne ŝafeto, sed virŝafo. Ĝi havas kornojn…

나는 그렸다. 내 친구는 관대하게 매력적으로 "스스로 보세요. 이것은 어린 양이 아니라 수양이에요. 뿔이 있잖아요." 하고 작게 웃었다.

Mi do faris, denove, mian desegnon.
그래서 나는 또 그렸다.

Sed, kiel la antaŭaj, ĝi estis rifuzita:
―Tiu ĉi estas tro maljuna. Mi volas ŝafeton, kiu longe vivu.

그러나 앞에서처럼 "이것은 너무 늙었어요. 나
는 오래 살 수 있는 어린 양을 원해요." 하고
거절당했다.

Tiam mi senpacienciĝis, kaj, ĉar mi volis
senprokraste komenci la malmuntadon
de mia motoro, mi skizaĉis ĉi tiun
lastan desegnon.

그때 더는 참지 못했다. 왜냐하면, 바로 발전
기의 분해를 시작해야 해서, 이 마지막 그림을
아무렇게나 대강 그렸다.

Kaj mi ĵetis tiujn ĉi vortojn:
—Jen estas la kesto. La ŝafeto, kiun vi
volas, troviĝas interne.

그리고 "여기 상자가 있어. 네가 원하는 어린
양은 안에 있단다." 하고 이 말을 툭 던졌다.

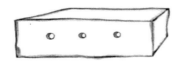

Sed mi tre surpriziĝis, vidante la vizaĝon de mia juna kritikisto ekbrili pro ĝojo:

—Ĝuste tian ŝafeton mi volis! Ĉu vi kredas, ke ĝi bezonos multe da herbo?

그러나 기뻐서 "정말 그 어린 양이 제가 원하는 거예요. 이 양은 많은 풀을 주어야 할까요?" 하며 밝게 빛나는 어린 비평가의 얼굴을 보면서 나는 놀라지 않을 수 없었다.

—Kial?
"왜?"

—Ĉar ĉe mi estas ega malvaste⋯
"왜냐하면, 제가 사는 곳은 아주 작거든요."

—Certe sufiĉos. Mi donis al vi tute etan ŝafon.

"정말로 충분할 거야. 아주 작은 양을 주었거든."

Li klinis sian kapeton al la desegno.
고개를 숙이고 그림을 보았다.

━Ne tiel etan⋯ Ha! Ĝi endormiĝis⋯
"그렇게 작지는 않아요. 아, 잠들었어요."

Kaj tiel mi konatiĝis kun la eta princo.
그렇게 해서 나는 어린 왕자를 알게 되었다.

《III》

Longa tempo estis al mi necesa, por kompreni, de kie li devenas. La eta princo, kiu metadis al mi multajn demandojn, ŝajnis neniam aŭdi la miajn. Dank'al vortoj hazarde diritaj, tamen, mi iom post iom malkovris ĉion.

어린 왕자가 어디서 왔는지 알기에 꽤 오랜 시간이 걸렸다. 내게 많은 질문을 하면서도, 내 질문은 결코 들은 척도 않는 것 같았다. 우연히 들은 말 덕분에 하지만, 차츰 모든 것을 알게 되었다.

Tiel, kiam la unuan fojon li ekvidis mian aviadilon (mi ne desegnos mian aviadilon, temas pri desegno tro malfacila por mi), li demandis min:
─Kio esta tiu ĉi aĵo?

가령, 처음 내 비행기를 보더니 "이 물건은 뭐예요?" 하고 내게 물었다. (내 비행기를 그리지는 않을 것이다, 그리는 것이 내겐 너무 어

려워서)

─Tio ne estas aĵo. Tio flugas. Tio estas aviadilo. Ĝi estas mia aviadilo.

"그것은 물건이 아니야. 날아간단다. 그건 비행기야. 내 비행기란다."

Kaj mi fieris sciigi lin, ke mi flugas. Tiam li ekkriis:
─Kio? Ĉu do vi falis el la ĉielo?

내가 날아간다는 것을 자랑스럽게 알렸다. 그러니까 어린 왕자가 "뭐라고요? 그럼 하늘에서 떨어졌어요?" 하고 소리쳤다.

─Jes, mi diris modeste.
"응" 나는 겸손하게 대답했다.

─Ha! amuze!…
"아, 정말 우습네요."

Kaj la eta princo tre gracie ekridis, kio multe incitis min. Mi deziras, ke oni serioze taksu miajn malfeliĉojn.

어린 왕자는 매우 차갑게 웃기 시작하여 나는 대단히 화가 났다. 나는 사람들이 나의 어려움을 진지하게 봐주기를 바란다.

Poste li aldoni:
—Tiel do, ankaŭ vi venas de la ĉielo! De kiu planedo vi estas?

뒤에 어린 왕자가 "그럼 아저씨도 하늘에서 왔네요. 어느 별에서 왔나요?" 하고 덧붙였다.

Tuj mi ekvidis flagreton de klarigo pri la mistero de lia ĉeesto, kaj mi abrupte demandis:
—Ĉu do vi venas de alia planedo?

곧바로 나는 어린 왕자의 존재에 대한 신비를 설명해줄 한 줄기 빛을 깨닫고 "그럼 너는 다른 별에서 온 거니?"하고 물었다.

Sed li ne respondis al mi. Li trankvile kapskuetis, rigardante mian aviadilon.

그러나 나에게 대답하지 않았다. 나의 비행기를 바라보면서 조용하게 머리를 끄덕였다.

—Estas vere, ke per ĉi tio oni ne povas veni de tre malproksime…

"이것을 타고서는 그렇게 멀리에서 올 수 없는 게 사실이죠."

Kaj li enprofundiĝis en revadon, kiu longe daŭris. Poste li elposiĝis mian ŝafeton kaj absorbiĝis en admiradon de sia trezoreto.

그리고 오랫동안 꿈꾸듯 곰곰이 생각에 잠겼다. 나중에 어린 양 그림을 주머니에서 꺼내더니 작은 보물에 감탄하듯 들여다보았다.

Vi povas imagi, kiom multe scivoligis min tiu aludo pri "aliaj planedoj". Mi do penis pliinformiĝi pri tio.

'다른 별'에 대한 그 언급에 내가 얼마나 많이 궁금했는지 상상해라. 그래서 거기에 대해 더

많은 정보를 얻으려고 애썼다.

—De kie vi venas, etulo mia? Kie estas via hejmo? Kien vi volas forporti mian ŝafeton?

"어디서 왔니, 꼬마야? 네 집이 어디야? 어린 양을 데리고 어디로 가고 싶니?"

Post medita silento li respondis:
—La kesto, kiun vi donis al mi, ege taŭgas, ĉar dumnokte ĝi fariĝos ĝia dometo.

말없이 생각에 잠기더니 "제게 준 상자가 아주 유용해요. 밤에는 작은 집이 되어줄 테니까요." 하고 대답했다.

—Kompreneble. Kaj, se vi estos afabla, mi donos al vi ankaŭ ŝnuron por alligi ĝin dumtage. Kaj fosteton.

"물론이지. 네가 친절하면 밤에 양을 묶을 고삐도 줄게. 그리고 작은 말뚝도…."

Tiu propono ŝajne ŝokis la etan princon.
이 제안은 어린 왕자에게 충격을 준듯했다.

—Ĝin alligi? Kia stranga ideo!
"양을 매요? 정말로 이상한 생각이네요!"

—Sed, se vi ne alligos ĝin, ĝi iros ĉien
ajn kaj perdiĝos…

"하지만 양을 매어 놓지 않으면 어디든지 가
서 길을 잃을 거야."

Kaj mia amiketo denove ekridis.
그리고 내 어린 친구는 다시 웃음을 터뜨렸다.

—Sed kien do vi kredas, ke ĝi iros?
"하지만 어디로 갈 거라고 믿나요?"

—Ien ajn. Rekte antaŭen…
"어디든, 앞으로 쪽."

Tiam la eta princo gravmiene rimarkis.
그때 어린 왕자는 진지한 빛으로 말했다.

─Ne gravas. Ĉe mi estas tiel malvaste!
"괜찮아요. 제가 사는 곳은 아주 작아요!"

Kaj, eble iom melankolie, li aldonis:
─Rekte antaŭen, oni ne povas iri tre
malproksimen…

그리고 아마도 약간 슬프게 "앞으로 쭉, 그렇
게 멀리 갈 수 없어요."하고 덧붙였다.

《IV》

Tiel mi sciiĝis pri dua tre grava afero: la planedo, de kie li venis, estas apenaŭ pli granda ol la domo!

그렇게 나는 두 번째 매우 중요한 사실을 알 게 되었다. 어린 왕자가 온 행성은 집 한 채 보다 조금 클 정도였다.

Tio ne povis min multe mirigi. Mi ja sciis, ke krom la grandaj planedoj kiel Jupitero, Marso, Venuso kaj la Tero, kiuj ricevis nomojn, ekzistas centoj da aliaj, inter kiuj kelkaj estas tiel malgrandaj, ke oni tre malfacile povas vidi ilin per teleskopo. Kiam astronomo eltrovas unu el ili, li atribuas al ĝi iun numeron kiel nomon. Ekzemple li nomas ĝin "Asteroido 325".

그것이 나를 매우 놀라게 할 수는 없다. 목성, 화성, 금성 그리고 지구처럼 이름을 가진 큰 행성을 제외하고 몹시 어렵게 망원경으로나

볼 수 있는 그렇게 작은 수백 개의 행성이 있는 것을 나는 정말 안다. 천문학자는 그런 것 중 하나를 발견하면 이름 대신 어떤 숫자를 붙인다. 이를테면 '소행성 325'라고 부른다.

Mi havas seriozajn motivojn por kredi, ke la planedo, de kie la eta princo venis, estas la asteroido B 612. Tiu asteroido estis vidita per teleskopo nur unufoje, en 1909, de turka astronomo.

어린 왕자가 살던 별이 소행성 B 612라고 믿을 만한 타당한 이유가 있다. 이 별은 터키의 천문학자에 의해 1909년 오직 한 차례 망원경으로 발견되었다.

Li tiam faris ĉe iu internacia astronomia kongreso grandan demonstracion pri sia eltrovo. Sed pro lia kostumo neniu kredis lin. Tiaj estas la granduloj.

그때 어느 국제 천문학 대회에서 발견에 대한 대규모 학술발표를 했다. 하지만 학자의 복장 때문에 아무도 믿어주지 않았다. 어른들은 그런 식이다.

Feliĉe por la reputacio de la asteroido B 612, iu turka diktatoro devigis sian popolon, sub minaco de mortopuno, vesti sin eŭropane. En tre eleganta vesto la astronomo refaris sian demonstracion en 1920. Kaj ĉifoje ĉiuj samopiniis kun li.

소행성 B 612의 이름을 위해 다행스럽게 어느 터키의 독재자가 사형의 처벌로 위협하면서 국민에게 유럽식으로 옷을 입도록 강제했다. 아주 우아한 복장으로 그 천문학자는 1920년 에 학술발표를 다시 했다. 그리고 이번에는 모 두가 그 의견에 찬성했다.

Se mi rakontis al vi tiujn detalojn pri la asteroido B 612 kaj konfidis ĝian numeron, estas pro la granduloj. La granduloj frandas ciferojn. Kiam vi parolas al ili pri nova amiko, ili neniam demandas vin pri la ĉefaj aferoj. Neniam ili diras al vi: "Kia estas lia voĉo? Kiuj estas liaj ŝatataj ludoj? Ĉu li kolektas papiliojn?". Anstataŭe: "Kiom li aĝas? Kiom da fratoj li havas? Kiom li pezas? Kiom perlaboras lia patro?". Nur tiam ili kredas, ke ili konas lin. Se vi diras al granduloj "Mi vidis belan domon el rozkoloraj brikoj kun geranioj ĉe la fenestroj kaj kolomboj sur la tegment o…", ili ne sukcesas imagi al si tiun domon. Oni devas diri al ili: "Mi vidis domon, kiu valoras cent mil frankojn." Tiam ili ekkrias: "Kiel beleta ĝi estas!"

소행성 B 612에 대해 이렇게 자세히 이야기하고 이 숫자를 믿는다면 어른들 때문이다. 어른들은 숫자를 좋아한다. 여러분이 새 친구에 대해 어른에게 말할 때 그들은 결코 본질적인 일에 관해 묻지 않는다. "목소리가 어떠니? 좋아하는 놀이는 무엇이니? 나비를 수집하니?" 하고 결코 이렇게 묻지 않는다. 대신 "몇 살이니? 형제가 몇이니? 몸무게는 얼마니? 아버지는 얼마나 버니?" 하고 묻는다. 그때야 그 친구를 안다고 믿는다. 만약 어른에게 "나는 창가에 제라늄 화분이 놓여 있고 지붕에 비둘기가 있는, 장밋빛 벽돌로 지은 예쁜 집을 봤어요."라고 말하면 그 집을 상상하지 못한다. 그들에게는 "10만 프랑짜리 집을 봤어요."라고 말해야 한다. 그래야 "얼마나 아름다운 집이니!"라고 소리를 지른다.

Nu, se vi diros al ili "La pruvo, ke la eta princo ekzistis, estas, ke li estis rava kaj ridis kaj deziris ŝafeton. Se iu deziras ŝafeton, tio pruvas, ke iu ekzistas", ili levos moke la ŝultrojn kaj nomos vin infano! Sed, se vi diros al ili "La plendo, de kie li venis, estas la asteroido B 612", ili tiam estos konvinkitaj, kaj ne plu ĝenos vin per siaj demandoj. Tiaj ili estas. Ni pardonu tion al ili. La infanoj devas esti tre indulgaj al la granduloj.

그래서, 만약 "어린 왕자가 있다는 증거는 매력이 넘치고 웃고 어린 양을 원해서입니다. 누군가 어린 양을 원하면 있다는 증거입니다."라고 어른에게 말한다면 그들은 놀리듯 어깨를 들썩이며 어린애 취급할 것이다. 그러나 "어린 왕자가 살던 별은 소행성 B 612예요."라고 말한다면 어른들은 믿을 것이고 다시는 질문으로 귀찮게 하지 않을 것이다. 어른들은 그런 식이다. 그러니 그들을 용서하자. 어린이는 어른들에게 매우 너그러워야만 한다.

Sed, kompreneble, ni, kiuj komprenas la vivon, ja fajfas pri numeroj! Plaĉus al mi komenci tiun ĉi rakonton kvazaŭ fabelon. Plaĉus al mi diri:
"Estis iam eta princo, kiu loĝis sur planedo apenaŭ pli granda ol li, kaj kiu bezonis amikon⋯"

그러나 물론 삶을 이해하는 우리는 숫자에 대하여 아랑곳하지 않는다. 나는 이 이야기를 동화처럼 시작하고 싶었다. "옛날에 어린 왕자가 자기 몸보다 조금 큰 별에서 살고 있었는데, 친구를 원했다." 이런 식으로 말하고 싶었다.

Por tiuj, kiuj komprenas la vivon, tio ĉi ŝajnus multe pli vera.

삶을 이해하는 사람에게는 이 방식이 훨씬 더

진실하게 보일 것이다.

Ĉar al mi ne plaĉas, se mian libron oni tro facilanime legas. Tiom dolorigas min rakonti ĉi tiujn memoraĵojn. Jam antaŭ ses jaroj mia amiketo foriris kun sia ŝafeto. Se nun mi provas lin priskribi, mi faras tion por ne forgesi lin. Estas malĝoje forgesi amikon. Ne ĉiu homo havas amikon. Kaj mi povas fariĝi kiel la granduloj, kiuj ne interesiĝas plu pri io krom ciferoj. Do ankaŭ pro tio mi aĉetis farboskatolon kaj krajonojn. Ĉar mi neniam provis desegni ion alian krom fermita kaj malfermita boaoj, kiam mi estis sesjara, estas malfacile, en mia nuna aĝo, rekomenci desegni. Mi kompeneble provos fari la portetrojn kiel eble plej fidelaj. Sed mi ne estas tute certa, ĉu mi sukcesos. Unu desegno taŭgas, kaj alia jam ne similas al li. Mi eraras iom ankaŭ pri lia staturo. Tie la eta princo estas tro granda. Aliloke li estas tro malgranda. Mi ankaŭ hezitas pri la koloro de lia vesteto. Mi do desegnas kun necerteco, tiel kaj tiel ĉi, pli-malpli bone. Kaj mi eraros pri iuj pli gravaj detaloj. Sed ĉi tion vi pardonu al mi. Mia amiketo neniam donis klarigojn. Eble li kredis min sama kiel li. Sed mi, bedaŭrinde, ne kapablas vidi ŝafojn tra kesto. Eble mi estas iom kiel la granduloj. Verŝajne mi maljuniĝis.

왜냐하면, 사람들이 내 책을 아무렇게 읽는다면 내 마음에 들지 않기 때문이다. 이 추억을 이야기하는 것이 그만큼 나를 슬프게 한다. 벌써 6년 전 내 어린 친구는 어린 양을 데리고 멀리 떠났다. 지금 내가 어린 왕자를 그리려고 한다면 잊지 않으려는 하는 것이다. 친구를 잊는다는 것은 슬프다. 누구나 친구를 가진 것은 아니다. 그리고 나는 숫자 외에는 무엇에도 흥미를 갖지 않은 어른처럼 그렇게 되어간다. 그래서 이것 때문에 그림물감 한 상자와 연필을 샀다. 왜냐하면, 여섯 살 때 속이 보이는 혹은 보이지 않는 보아 뱀을 그린 것 외에는 다른 것을 결코 그리려고 하지 않았기에 이 나이에 그리는 것을 다시 시작하기가 힘든 노릇이기 때문이다. 물론 가능한 한 충실하게 초상화를 그리려고 애를 쓰겠다. 그러나 성공할지는 정말 자신이 없다. 어떤 그림은 적당한데, 다른 것은 닮지 않았다. 키도 조금씩 틀렸다. 저기 어린 왕자는 너무 크고, 다른 곳에서는 너무 작다. 옷 색깔에 대해서도 머뭇거린다. 불확실하게 이렇게 저렇게 다소 좋게 그린다. 아마 어떤 더 중요한 부분들을 잘못 그릴 것이다. 그것에 용서를 바란다. 내 어린 친구는 결코 설명을 해주는 법이 없었다. 아마 내가 자기와 비슷하다고 믿었던 듯하다. 그러나 나는 불행하게도 상자 속에 들어 있는 어린 양을 볼 줄 모른다. 아마 나는 조금 어른들과 비슷하다. 정말 나는 나이가 들어갔다.

《V》

Ĉiutage mi eksciis ion pri la plenedo, la foriro, la vojaĝo. Tio okazis tute trankvile per hazardaj rimarkoj. Tiel la trian tagon, mi ekkonis la dramon de la baobaboj.

날마다 나는 행성에 대해, 떠남과 여행에 대해 무언가를 알게 되었다. 그것은 우연한 언급으로 아주 서서히 일어났다. 그래서 3일째 나는 바오바브나무의 비극을 알게 되었다.

Ankoraŭ ĉi tiun fojon tio okazis dank'al la ŝafeto, ĉar subite, kvazaŭ kaptite de grava dubo, la eta princo min demandis:
—Ŝafoj ja manĝas arbustojn, ĉu ne vere?

여전히 이번에도 어린 양 덕택이다. 왜냐하면, 갑자기 중요한 의심에 사로잡힌 것처럼 어린 왕자가 "정말로 양이 작은 나무를 먹나요?" 하고 느닷없이 물었다.

—Jes. Estas vere.

"응. 맞아."

—Ha! Mi estas kontenta!

"정말, 만족해요."

Mi ne komprenis, kial tiel multe gravas, ke ŝafoj manĝu arbustojn. Sed la eta princo aldonis:

—Sekve, ankaŭ baobabojn ili manĝas, ĉu ne?

나는 양이 작은 나무를 먹는 것이 왜 그렇게 중요한지 이해하지 못했다. 그러나 어린 왕자가 "따라서 역시 양들이 바오바브나무를 먹어요, 그렇죠?" 하고 덧붙였다.

Mi atentigis la etan princon, ke baobaboj ne estas arbustoj, sed arboj grandaj kiel preĝejoj, kaj, eĉ se li kunportus tutan aron da elefantoj, ili ope ne formanĝus unu solan baobabon.

나는 바오바브나무가 작은 나무가 아니라 교

회당처럼 커다란 나무라서 코끼리 떼를 데려 오더라도 바오바브나무 한 그루를 다 먹지 못한다고 어린 왕자에게 일러 주었다.

La ideo pri elefantaro ridigis la etan princon.

코끼리 떼에 대한 생각이 어린 왕자를 웃게 했다.

—Estus necese meti ilin unujn sur la aliajn…

"그것들을 하나씩 포개놓는 것이 필요해요."

Sed saĝe li rimarkis.
그러나 어린 왕자는 현명하게 말했다.

—Antaŭ ol fariĝi grandaj, la baobaboj unue estas malgrandaj.

"커지기 전에는 바오바브나무도 처음에는 작거든요."

—Ĝuste! Sed kial do viaj ŝafoj manĝu la malgrandajn baobabojn?

"맞아. 그런데 왜 양이 작은 바오바브나무를 먹어야 해?"

Li respondis al mi "Nu! Memkompreneble!", kvazaŭ temus pri io tute evidenta. Kaj mi devis multe cerbumi por kompreni mem tiun problemon.

완전히 분명한 무언가에 대한 주제처럼 "아이! 당연하죠."라고 내게 대답했다. 그리고 나는 혼자서 그 문제를 풀려고 머리를 많이 굴려야 했다.

Kaj efektive, same kiel sur ĉiuj planedoj, bonaj kaj malbonaj herboj kreskis sur la planedo de la eta princo. Do, el bonaj semoj bonaj herboj, kaj el malbonaj semoj malbonaj herboj. Sed la semoj estas nevideblaj. Ili dormas sekrete en la grundo, ĝis unu el ili ekhavas la kapricon vekiĝi. Ĝi tiam eltiriĝas kaj unue timeme direktas al la suno ravan sendanĝeran ŝoson. Se ĝi estas ŝoso de rafaneto aŭ roz-arbeto, oni povas lasi ĝin kreski, kiel ĝi volas. Sed, se temas pri malbona planto, oni devas fortiri la planton, tuj kiam oni rekonis ĝin.

그리고 실제, 모든 행성처럼 마찬가지로 좋은 풀과 나쁜 풀이 어린 왕자가 사는 별에서 자랐다. 좋은 씨앗에서 좋은 풀이 나쁜 씨앗에서 나쁜 풀이 나온다. 그러나 씨앗은 잘 보이지 않는다. 그들 중 하나가 갑자기 깨어날 때까지 땅속에서 몰래 잔다. 그것은 기지개를 켜고 처음에는 주저하듯 태양을 향해 위험하지 않고 매력적인 싹을 뻗는다. 그것이 무나 장미의 어린싹이라면 원하는 대로 자라도록 내버려 둔다. 그러나 나쁜 식물이라면 눈에 뜨이는 대로 바로 뿌리를 뽑아야 한다.

Nu, sur la planedo de la eta princo estis semoj teruraj⋯ baobabsemoj. La grundo de la planedo estis danĝere plena de ili. Se oni tro malfrue zorgas pri baobaboj, oni neniam plu povas forigi ĝin. Ĝi invadas la tutan planedon. Ĝi traboras ĝin per siaj radikoj. Kaj, se la planedo estas tro malgranda kaj la baobaboj tro multaj, ili krevigas[3] ĝin.

지금 어린 왕자의 별에 무서운 바오바브나무의 씨앗들이 있다. 그 별의 땅은 바오바브나무 씨앗투성이라 위험했다. 바오바브나무에 대해 너무 늦게 손을 대면 결코 뽑아낼 수 없다. 별 전체를 휩싸버린다. 뿌리로 별을 통째 구멍 뚫는다. 별이 너무 작고 바오바브나무가 너무 많다면 그것이 별을 박살 낸다.

"Tio estas demando pri disciplino, poste diris al mi la eta princo. Kiam oni finis sian matenan tualetadon, oni devas zorge fari tiun de la planedo. Necesas regule devigi sin fortiri la baobabojn, tuj kiam oni distingis ilin de la roz-arbetoj, al kiuj ili multe similas, kiam ili estas tre junaj. Tio estas tre teda, tamen tre

---

3) krevi 파열(破裂)하다, 터지다, 균열(龜裂)하다, 폭발하다, 갈라지다.

facila laboro."

"그것은 규율의 문제예요. 아침에 몸단장을 마치면 별을 조심스럽게 손봐야 해요. 바오바브 나무가 아주 어릴 때는 장미와 매우 많이 닮았기에 구별해서 알아차리면 즉시 규칙적으로 꼭 뽑아내야 해요. 그것은 아주 귀찮지만, 매우 쉬운 일이에요."라고 어린 왕자가 나중에 나에게 말했다.

Kaj iun tagon li konsilis, ke mi penu fari pri tio belan desegnon, por efektive enkapigi tion al la infanoj de mia planedo. "Se ili iam vojaĝos, li diris al mi, tio eble utilos al ili. Iufoje oni povas prokrasti sian laboron, kaj tio ne gravas. Sed, se temas pri baobaboj, ĉiam okazas katastrofo. Mi konis planedon, sur kiu loĝis mallaboremulo. Li malatentis tri arbustojn…"

그리고 어느 날 우리 별의 아이들이 그 사실을 효과적으로 머리에 새기도록 그것에 대한 예쁜 그림을 그리도록 힘쓰라고 어린 왕자가

조언했다. "그들이 언젠가 여행을 한다면, 그
것이 아마 유용할 거예요. 누군가는 자기 일을
연기할 수 있지만 괜찮아요. 그러나 바오바브
나무라면 항상 큰 재앙이 일어나요. 나는 게으
름뱅이가 사는 별을 알아요. 3개의 작은 나무
에 신경 쓰지 않았거든요."라고 어린 왕자가
내게 말했다.

Kaj, laŭ la indikoj de la eta princo, mi
desegnis tiun planedon. Mi ne multe
ŝatas paroli kun moralista tono. Sed la
danĝero de la baobaboj estas tiom
malmulte konata, kaj la riskoj por tiu,
kiu vojerarus sur asteroidon, tiel
grandegaj, ke ĉi-foje mi escepte forlasas
mian deteniĝemon. Mi diras: "Infanoj!
Atentu la baobabojn!"

그래서, 어린 왕자의 지시에 따라 이 별을 그
렸다. 도덕군자처럼 말하는 것을 아주 좋아하
지 않는다. 그러나 바오바브나무의 위험은 너
무 알려지지 않고 소행성에서 길을 잃은 사람
에게 위험이 너무 커서 이번에 예외적으로 나
의 절제력을 버렸다. "아이들아, 바오바브나무

를 조심해!"라고 나는 말했다.

Por averti miajn amikojn pri tiu
nekonata danĝero, kiu delonge
minacadis ilin, kaj min mem, mi ege
multe prilaboris tiun desegon. Temas pri
ja valorega vivinstruo.

친구들과 나 자신에게 오래전부터 위협하는
이 알려지지 않은 위험에 대해 내 친구들에게

경고하기 위해 이 그림에 그렇게 많은 애를 썼다. 정말 가치 있는 삶의 가르침이다.

Eble vi demandos vin, kial en ĉi tiu libro ne estas aliaj desegnoj tiel grandiozaj, kiel la desegno de la baobaboj?

아마 "왜 이 책에는 바오바브나무 그림처럼 그렇게 커다란 다른 그림이 없어요?"라고 물을 것이다.

La respondo estas ja simpla: mi provis, sed mi ne povis sukcesi. Kiam mi desegnis la baobabojn, mi estis pelata de urĝosento.

대답은 "나는 하려고 했지만 성공할 수 없었다. 내가 바오바브나무를 그렸을 때는 다급한 마음에 쫓겨 한 것이다." 처럼 정말 간단하다.

《VI》

Ho! Eta princo, mi ekkomprenis tiele, iom-post-iome, vian melankolian viveton. Dum longa tempo vi havis kiel distraĵon nur la mildecon de sunsubiroj. Tiun ĉi novan detalon mi eksciis la kvaran tagon matene, kiam vi diris al mi:
—Al mi multe plaĉas sunsubiroj. Ni iru vidi sunsubiron…

아, 어린 왕자여! 그렇게 해서 너의 우울한 삶을 조금씩 이해하게 되었다. 오랫동안 해가 지는 부드러움만이 너의 오락이었어. 이 새로운 사실을 4일째 되는 아침에 내게 "해가 지는 것이 제겐 너무 맘에 들어요. 우리 해 지는 것 보러 가요."라고 말해서 알게 되었다.

—Sed necesas atendi…
"그러나 기다리는 것이 필요해."

—Kion atendi?
"무엇을 기다려요?"

—Atendi, ke la suno subiru.

"해가 지기를 기다려야지."

Unue vi ŝajnis tre surprizita, sed poste ridis pri vi mem. Kaj vi diris al mi:
—Mi pensas, kvazaŭ mi estus ankoraŭ ĉe mi!

처음에 매우 놀란 듯 보였지만 나중에 자기 말이 우스운 듯 웃음을 터트렸다. 그리고 어린 왕자는 "나는 아직도 집에 있는 것처럼 생각 해요." 하고 말했다.

Efektive. Kiam tagmezas en Usono, la suno—ĉiuj scias tion—subiras super Francio. Por ĉeesti sunsubiron sufiĉus, ke oni povu en unu minuto atingi Francion.

정말이다. 미국에서 정오일 때 모두가 알 듯 해는 프랑스 위에서 저문다. 해가 지는 것을 지켜보려면 일 분 만에 프랑스에 도착하면 충 분하다.

Bedaŭrinde, Francio estas multe tro malproksima. Sed sur via tiel eta planedo sufiĉis, ke vi tiru vian seĝon je kelkaj paŝoj. Kaj vi rigardis krepuskon tiel ofte, kiel vi deziris…

아쉽게도 프랑스는 정말 너무 멀다. 그러나 그렇게 네 작은 별에서는 의자를 몇 발짝만 당기면 충분했다. 그리고 너는 원하는 만큼 그렇게 자주 해지는 것을 바라보았다.

—Iun tagon mi vidis la sunon subiri kvardek kvar fojojn!

"어느 날 나는 해가 지는 것을 44번이나 보았어요."

Kaj iom poste vi aldonis:
—Vi scias… kiam oni estas tiom malĝoja, oni amas sunsubirojn…

그리고 조금 뒤에 "아저씨가 알 듯, 사람은 슬프면 해 지는 것을 좋아해요."라고 덧붙였다.

―Ĉu do, en la kvardek-kvar-foja tago, vi estis tiom malĝoja?

"그럼 44번이나 본 날에 너는 그 정도로 슬펐니?"

Sed la eta princo ne respondis.
그러나 어린 왕자는 대답하지 않았다.

《VII》

La kvinan tagon, denove dank'al la
ŝafeto, tiu sekreto pri la vivo de la eta
princo malkaŝiĝis al mi. Abrupte, sen
antaŭklarigo, kvazaŭ rezulte de
problemo longe kaj silente meditita, li
demandis min:
―Se ŝafeto manĝas arbustojn, ankaŭ
florojn ĝi manĝas, ĉu ne?

5일째 되는 날, 다시 어린 양 덕택에 어린 왕
자의 삶에 대한 비밀이 밝혀졌다. 갑자기 사전
설명도 없이 오랫동안 말없이 생각한 문제의
결과처럼 내게 "어린 양, 그것이 작은 나무를
먹는다면 꽃도 먹겠죠, 그렇죠?" 하고 물었다.

―Ŝafo ĉion manĝas, kion ĝi trovas.
"양은 보는 모든 것을 먹어."

―Ĉu eĉ tiujn florojn, kiuj havas
dornojn?

"가시가 있는 꽃조차도요?"

—Jes. Eĉ florojn, kiuj havas dornojn.

"응, 가시가 있는 꽃이라도."

—La dornoj, do, por kio servas?

"가시는 그럼 무엇 때문에 있나요?"

Mi ne scias. Mi tiam estis tre okupata, provante malŝraŭbi tro sreĉitan bolton de mia motoro. Mi estis zorgoplena, ĉar mia paneo jam komencis montriĝi tre serioza, dum la trinkakvo malpliiĝis, kaj mi timis, ke tio plej malbone finiĝos.

나는 모른다. 그때 내 발전기의 꽉 조여진 볼트를 풀려고 애쓰면서 거기에 정신이 쏠려 있었다. 마실 물이 점점 줄어드는 동안 내 비행기 고장은 이미 매우 심각함을 보이기 시작했기 때문에 나는 걱정이 가득했고, 그리고 상황이 가장 나쁘게 끝나게 될까 봐 두려웠다.

—La dornoj, do, por kio servas?

"가시는 그럼 무엇 때문에 있나요?"

La eta princo neniam rezignis pri jam

metita demando. Mi malpacienciĝis pro mia bolto kaj respondis senpripense:
—Dornoj havas nenian utilon. Tio estas pura malicaĵo de la floroj.

어린 왕자는 이미 한 질문에 대해 절대 포기하지 않았다. 볼트 때문에 참을성을 잃고 생각 없이 "가시는 아무 쓸모 없어. 그것은 꽃의 괜한 심술이야."라고 대답했다.

—Ho!
"아!"

Sed post silenteto li iel malpardoneme pafis al mi:
—Mi ne kredas al vi! La floroj estas malfortaj. Ili estas naivaj. Ili trankviliĝas, kiel ili povas. Ili pro siaj dornoj kredas sin teruraj···

그러나 잠깐 아무 말이 없다가 원망스럽다는 듯 내게 "아저씨를 믿지 않아요. 꽃은 약해요. 순수해요. 할 수 있는 한 조용해요. 그 가시 때문에 꽃은 자신이 무섭다고 믿어요."라고 쏘

아붙였다.

Mi nenion respondis. En tiu momento mi pensis: "Se ĉi tiu bolto plue rezistos, mi elsaltigos ĝin per martelbato." La eta princo denove entrudiĝis en mian cerbumadon:
—Kaj vi, vi kredas, ke la floroj…

나는 아무 말도 못 했다. 이런 순간 나는 "이 볼트가 더 말을 안 들으면 망치로 그것을 튀어 오르게 할 거야." 하고 생각했다. 어린 왕자는 내 고민에 다시 "그리고 아저씨는 믿어요, 꽃이." 하고 끼어들었다.

—Ne! Ne! Mi nenion kredas! mi respondis senpripense. Pri seriozaĵoj ja zorgas mi!

"아냐, 아냐, 난 아무것도 믿지 않아. 나는 중요한 일로 정말 바쁘다고."라고 나는 생각 없이 대답했다.

Li rigardis min miregante.

어린 왕자는 어리둥절해서 나를 쳐다보았다.

—Pri seriozaĵoj!
"중요한 일이요?"

Li vidis min tenanta enmane mian martelon kaj, kun la fingroj nigraj pro malpura graso, kliniĝanta super objekto, kiu ŝajnis al li tre malbela.

어린 왕자에게는 꽤 예쁘지 않은 것처럼 보이는 물건 위에 몸을 숙이고, 기계 기름에 묻어 시꺼먼 손으로 망치를 꽉 쥐고 있는 나를 꼬마는 쳐다보았다.

—Vi parolas kiel la granduloj!
"아저씨는 어른들처럼 말해요."

Tio iom hontigis min. Sed senkompate li aldonis:
—Vi konfuzas ĉion… miksas ĉion!

그 말에 나는 조금 부끄러워졌다. 그러나 인정사정없이 "아저씨는 모든 것이 헷갈리고 모두

혼동해요."라고 덧붙였다.

Li vere estis tre kolera. Li skuadis en la vento siajn orajn harojn.

어린 왕자는 정말 화가 났다. 바람에 황금색 머리카락이 휘날렸다.

—Mi konas planedon, kie troviĝas karmezinkolora[4] sinjoro. Neniam li priflaris floron. Neniam li rigardis stelon. Neniam li amis iun ajn. Neniam li ion alian faris krom adicioj. Kaj dum la tuta tago li ripetas kiel vi 'Mi estas serioza viro! Mi estas serioza viro!' kaj tio lin ŝveliĝas[5] de fiero. Sed li ne estas homo, li estas fungo!

"나는 시뻘건 얼굴의 신사가 사는 별을 알아요. 꽃향기를 맡아 본 적이 없어요. 별을 쳐다본 적도 없어요. 사람을 사랑한 적도 없어요. 더하기 빼기 말고는 다른 무언가를 해본 적도

---

4) 진홍색의
5) ŝveli 부풀다, 팽창(膨脹)하다, 커지다, 부어오르다

없어요. 그리고 하루종일 아저씨처럼 '나는 중
요한 남자야. 나는 중요한 남자야.'라고 되풀
이해요. 그 때문에 매우 뻐기며 커져요. 하지
만 그 신사는 사람이 아니라 버섯이에요."

―Kio li estas?
"무엇이라고?"

―Fungo!
"버섯이요!"

La eta princo jam estis tute pala pro
kolero.

어린 왕자는 화가 나서 이미 얼굴이 하얗게
질려 있었다.

―Dum milionoj da jaroj la floroj
fabrikadis dornojn. Dum milionoj da
jaroj la ŝafoj tamen manĝis la florojn.
Kaj ĉu ne estas serioze, klopodi por
kompreni, kial ili tiel multe penas por
fabriki por si dornojn, kiuj neniam
utilas? Ĉu ne estas gravaĵo la milito

inter ŝafoj kaj floroj? Ĉu tio ne pli seriozas kaj pli gravas, ol la adicioj de iu dika ruĝa sinjoro? Kaj, se mi mem konas floron unikan en la mondo, kiu ekzistas nenie krom sur mia planedo, kaj kiun ŝafeto povas iun matenon nekonscie neniigi per unusola gluto, kaj jen farite, ĉu tio ne ja gravas?

"수백만 년 동안 꽃은 가시를 가지고 있어요. 수백만 년 동안 양은 꽃을 먹어요. 결코, 쓸모가 없는 가시를 만들려고 그렇게 꽃들이 애쓰는지 알려는 것이 왜 중요하지 않나요? 양과 꽃의 전쟁은 중요하지 않나요? 어느 뚱뚱하고 붉은 얼굴의 신사가 하는 계산보다 그것이 더 심각하고 중요하지 않나요? 내 별을 제외하고는 어딘가에도 없어 세상에서 하나밖에 없는 꽃을 내가 알고, 어느 아침 무심코 양이 한입에 그 꽃을 삼켜 없앨 수 있고 실제 그 일이 일어나면 그것이 정말 중요한 일 아닌가요?"

Li ruĝiĝis kaj daŭrigis:

—Se iu amas floron, unuekzempleran en la milionoj kaj milionoj da steloj, tio sufiĉas, por ke li estu feliĉa, rigardante ilin.

어린 왕자는 얼굴이 벌게져서 "수백만 개의 별 중에서 오직 하나 있는 꽃을 누가 사랑한 다면 별들을 쳐다보는 것으로 충분히 행복해요" 하고 계속 말했다.

Li diras al si: 'Ie tie estas mia floro…' "그 어딘가에 내 꽃이 있다."라고 혼잣말했다.

—Sed, se la ŝafeto formanĝas la floron, estas por li, kvazaŭ ĉiuj steloj subite estingiĝus! Kaj ĉu tio ne ja gravas?

"그러나 어린 양이 꽃을 먹어 치웠다면 그에게는 모든 별이 갑자기 없어진 듯할 거예요. 그것이 정말 중요하지 않나요?"

Nenion plu li povis diri. Li subite ekploregis.

어린 왕자는 더 말을 잇지 못했다. 갑자기 엉엉 울기 시작했다.

Jam noktiĝis. Mi forlasis miajn ilojn. Mia martelo, mia bolto, la soifo kaj la morto ne plu gravis. Sur iu stelo, iu planedo, la mia, la Tero, princeto bezonis konsolon! Mi prenis lin en la brakojn, lin lulis. Mi diris al li: "La floro, kiun vi amas, ne estas en danĝero⋯ Mi ja desegnos buŝumon por via ŝafeto⋯ Mi desegnos kiraseton6) por via floro⋯ Mi⋯"

이미 밤이 되었다. 나는 작업용 도구를 내팽개쳤다. 망치, 볼트, 갈증과 죽음이 더는 중요하지 않았다. 어느 별 어느 소행성, 나의 별 지구 위에 어린 왕자에게 위안이 필요했다. 나는 아이를 껴안고 쓰다듬었다. "네가 사랑하는 꽃은 위험하지 않아. 어린 양을 위해 입마개를 정말로 그려줄게. 네 꽃에 조그마한 방패막이를 그려줄게. 내가⋯." 라고 말했다.

Mi ne tre bone sciis kion diri. Mi min sentis tre mallerta. Mi ne sciis kiel atingi lin, kiel kontakti lin⋯

---

6) kiraso 흉갑, 가슴을 덮는 갑옷, 가슴받이.

나는 무슨 소리를 해야 할지 잘 알지 못한다.
나 스스로 서툴다고 느꼈다. 어떻게 가까이 가
서 어떻게 마음을 붙잡을 수 있는지 모른다.

Ja tiel mistera estas la lando de larmoj!
눈물의 나라는 그렇게 정말 신비롭다.

《VIII》

Mi tre rapide konatiĝis pli bone kun tiu floro. De ĉiam kreskadis sur la planedo de la eta princo floroj tre simplaj, ornamitaj per unu sola vico da petaloj; ili okupis malmulte da spaco kaj ĝenis neniun. Ili aperis iumatene en la herbo kaj poste velkis tiuvespere. Sed tiu ĉi ekĝermis iun tagon el semo alblovita Dio-scias-de-kie, kaj la eta princo tre atente observis tiun ŝoson, kiu ne similis al la aliaj ŝosoj. Ĝi povis estis nova specio[7] de baobabo.

나는 이 꽃에 대해 꽤 빨리 더 잘 알게 되었다. 어린 왕자의 별에는 언제나 꽃들이 매우 소박해 꽃잎을 한 겹으로만 꾸미며 아주 작은 공간을 차지해 아무도 괴롭히지 않았다. 어느 아침에 풀밭에서 피었다가 뒤에 저녁이 되면 시든다. 그러나 어디서 날아왔는지 알 수 없는 씨앗에서 어느 날 싹이 났다. 어린 왕자는 다른 것과 닮지 않은 이 싹을 꽤 주의하여 살펴

---

7) <生> (genro이하의) 종(種); (공동특성을 가진) 종류(種類)

보았다. 그것은 바오바브나무의 새로운 종류일
수 있다.

Sed la arbusteto baldaŭ ĉesis kreski, kaj
komencis prepari floron. La eta princo,
kiu ĉeestis la elvolviĝon de granda
burĝono, ja sentis, ke mirakla aperaĵo
eliros el ĝi, sed la floro, ŝirmata per sia
verda ĉambro, senfine longe preparadis
sian belecon. Ĝi zorge elektadis siajn
kolorojn.

그러나 이 어린나무가 곧 자라기를 멈추고 꽃
을 준비하기 시작했다. 커다란 꽃봉오리가 맺
히는 것을 지켜보던 어린 왕자는 어느 기적
같은 것이 여기서 나올 것이라고 느꼈지만 초
록 방 속에 숨어 꽃이 아름다워지기 위해 끝
없이 오랫동안 준비했다. 자기 빛깔을 세심하
게 골랐다.

Ĝi malrapide vestadis sin, ĝi zorge
surmetadis siajn petalojn unu post unu.
Ĝi ne volis naskiĝi tute ĉifita kiel la
papavetoj[8]. Ĝi ne volis aperi alie, ol

plene radianta de beleco. Jes ja! Ĝi estis tre koketa! Ĝia mistera tualetado do daŭris tagojn kaj tagojn.

천천히 옷을 입고 꽃잎을 하나씩 적절하게 갖추었다. 개양귀비처럼 완전히 구겨진 채 나타나길 바라지 않았다. 아름다움이 최고에 이르지 않으면 달리 나타나고 싶지 않았다. 정말이다. 매우 애교를 부렸다. 신비로운 몸단장을 며칠이고 계속했다.

Kaj iun matenon, precize dum la sunleviĝo jen ĝi aperis. Kaj ĝi, tiel precize laborinte, diris kun oscedo:
—Ha, mi apenaŭ vekiĝis⋯ Mi pardonpetas⋯ Mi estas ankoraŭ tute malkombita⋯

그리고 어느 아침 마침 해가 뜰 무렵에 제 모습을 드러냈다. 그리고 그렇게 정성 들여 치장한 꽃은 하품하며 "아, 겨우 일어났네. 용서해 주세요. 나는 아직 빗질을 다 하지 못했어요." 하고 말했다.

---

8) papaveto 개양귀비

Tiam la eta princo ne povis reteni sian admiron:
―Kiel bela vi estas!

그때 어린 왕자는 "얼마나 아름다운 꽃인지!" 하며 감탄을 억제할 수 없었다.

―Ĉu ne? milde respondis la floro. Kaj mi naskiĝis samtempe kiel la suno....

"그렇죠? 그리고 나는 해와 같이 태어났어요." 하고 살며시 꽃이 대답했다.

La eta princo ja divenis, ke ĝi ne estas tro modesta, sed ĝi estis tiel kortuŝa!

어린 왕자는 꽃이 아주 겸손하지는 않지만, 그토록 감동적이라고 짐작했다.

―Estas nun, mi kredas, la horo de la matenmanĝo, ĝi baldaŭ aldonis. Ĉu vi bonvolus atenti pri mi?…

"내가 알기에 지금은 아침 먹을 시간이죠. 내

게 관심을 두세요?" 하고 바로 덧붙였다.

Kaj la eta princo, tute konfuzite, iris por verŝilo da freŝa akvo kaj servis la floro.

그래서 몹시 어리둥절한 어린 왕자는 시원한 물이 든 물뿌리개 쪽으로 가서 꽃에 물을 주었다.

Tiel sufiĉe baldaŭ ĝi suferigis lin per sia iom ofendiĝema malmodesteco. Iutage, ekzemple, parolante pri siaj kvar dornoj, ĝi diris al la eta princo:
—Tigroj, kun siaj ungegoj, ja povos veni!

조금 상처를 주는 교만함으로 그렇게 아주 빠르게 꽃은 어린 왕자를 괴롭혔다. 예를 들면 어느 날 4개의 가시에 대해 언급하며 "커다란 발톱을 가진 호랑이가 정말 덤빌 수 있겠어!" 하고 어린 왕자에게 말했다.

—Ne troviĝas tigroj sur mia planedo, kontraŭdiris la eta princo, kaj tigroj herbon ne manĝas.

“내 별에는 호랑이가 없어. 그리고 호랑이는 풀을 먹지 않아.” 하고 어린 왕자가 대꾸했다.

ㅡMi ne estas herbo, milde respondis la floro.

“나는 풀이 아니야.” 부드럽게 꽃이 대답했다.

ㅡPardonu al mi⋯
“미안해!”

ㅡMi neniel timas tigrojn, sed ja abomenas[9] trablovojn. Ĉu vi ne havus ventŝirmilon por mi?

“나는 결코 호랑이를 두려워하지 않아. 하지만 바람이 지나는 것은 몹시 싫어. 나를 위해 바람막이를 가지고 있니?

“Abomeni trablovojn⋯ tio estas por planto malfeliĉa afero, rimarkis al si la eta princo. Tiu ĉi floro estas sufiĉe malsimpla⋯”

---

9) 증오(憎惡)하다, 미워하다, 몹시 싫어하다

"바람을 미워하는 것은 식물엔 불행한 일이야. 이 꽃은 정말 까다롭군." 하고 어린 왕자는 말했다.

—Ĉiuvespere vi devos meti super min kloŝon. Ĉe vi estas tre malvarme, malbone provizite. Tie, de kie mi devenas···

"밤마다 유리 뚜껑을 내 위에 씌어주어야 해. 네가 있는 곳은 매우 춥고 많은 것이 부족해. 내가 온 거기서는·······."

Sed ĝi ĉesis paroli. Ĝi venis kiel semo. Ĝi nenion povus scii pri aliaj mondoj. Hontante, ke ĝi estis kaptita ŝpinante tiel naivan mensogon, ĝi tusis du-tri-foje por malpravigi la etan princon.

그러나 꽃은 말을 끊었다. 꽃은 씨로 왔다. 다른 세계에 대해 도무지 알 리가 없다. 그런 빤한 거짓말을 하려다 들킨 것이 부끄러워서 어린 왕자에게 잘못을 탓하듯 두세 차례 기침했다.

─Ĉu vi havas tiun ventŝirmilon?

"바람막이를 가지고 있니?"

─Mi estis ironta por ĝi, sed vi parolis al mi!

"그 때문에 가려던 참이야. 그런데 네가 말했어."

Tiam ĝi pliigis sian tusadon, por, spite ĉion, trudi al li konscienc-riproĉojn.

그때 여하튼 어린 왕자에게 마음의 가책을 느끼게 하려고 꽃은 과장해서 기침했다.

Tiel la eta princo, malgraŭ sia amo plena de bonvolo, baldaŭ sentis dubojn pri la floro. Li prenis iujn negravajn vortojn serioze, kaj pro tio fariĝis tre malfeliĉa.

그렇게 해서 어린 왕자는 선의로 가득 찬 사랑을 가졌어도 곧 꽃을 의심하게 되었다. 대수롭지 않은 말을 심각하게 받아들이고 그것 때문에 몹시 기분이 나빠졌다.

"Pli bone, se mi ne estus aŭskultinta
ĝin, li iutage konfidis al mi.
Oni neniam aŭskultu florojn. Ilin oni nur
rigardu kaj flaru. La mia aromigis mian
planedon, sed mi ne sciis ĝoji pro tio.
Tiu afero pri ungegoj, kiu tiel multe
incitis min, devus tiam min kortuŝi…"

"꽃의 말에 귀를 기울이지 않았다면 더 좋았
을 텐데. 꽃의 말을 절대 듣지 말아야 했어요.
그냥 바라보고 향기를 맡으면 되지요. 내 꽃은
우리 별에 향기를 주었지만 나는 그걸 즐기지
못했어요. 그렇게 많이 나를 자극했던 발톱에
대한 일도 정말 가엾게 생각했어야 했는데."
하고 어느 날 내게 털어놓았다.

Li konfidis al mi ankoraŭ:
"Mi tiutempe kapablis nenion kompreni!
Mi tiam devus juĝi ĝin laŭ ĝiaj agoj, ne
laŭ ĝiaj paroloj. Al mi ĝi donis aromon
kaj helon: mi devus ne forkuri, mi
devus diveni ĝian amemon malantaŭ ĝiaj

kompatindaj ruzoj. La floroj estas tiel
memkontraŭdiraj! Sed mi estis tro juna
por kapabli ami ĝin!"

또한, 어린 왕자는 내게
"그때 나는 아무것도 이해할 수 없었어요. 말
에 따를 것이 아니라 행동에 따라 판단했어야
했어요. 꽃은 제게 향기를 풍겨 마음을 밝게
해 주었어요. 절대 도망치지 말았어야 했는데.
어리석은 꾀 뒤에 애정이 숨어있다는 것을 알
아차렸어야 했는데. 꽃은 그렇게 모순덩어리였
어요. 그러나 나는 꽃을 사랑할 수 있기에 너
무 어렸어요." 하고 털어놓았다.

《IX》

Mi kredas, ke li forŝteliĝis dank'al migrado de sovaĝaj birdoj. Matene antaŭ la foriro li bone ordigis sian planedon. Li zorge skrapis la kamentubon[10] de siaj aktivaj vulkanoj. Li posedis du aktivajn vulkanojn. Kaj ili estis tre oportunaj por varmigi la matenmanĝon. Li posedis ankaŭ unu estingitan vulkanon. Sed, kiel li diris, "Oni neniam scias!" Do li skrapis ankaŭ la kamentubon de la estingita. Se vulkanoj estas bone skrapitaj, ili brulas modere[11] kaj regule, sen erupcio. Vulkanaj erupcioj estas kiel kamen-incendioj[12]. Kompreneble, sur nia Tero ni estas multe tro malgrandaj por skrapi niajn vulkanojn. Tial ili kaŭzas al ni amasojn da zorgoj.

철새들의 이동을 이용하여 어린 왕자는 별을

---

10) 굴뚝
11) 절제(節制)있는, 절도(節度)있는, 온건(穩健)한, 적당(適當)한, 중용(中庸)의, 적도(適度)의.
12) =brulego 큰불(大火), 화재(火災); 방화(放火).

떠났다고 믿는다. 떠나는 날 아침에 별을 잘 정리했다. 조심스럽게 불을 뿜는 화산 굴뚝을 청소했다. 그런 화산을 두 개 가지고 있다. 그리고 그것은 아침을 데우는데 꼭 알맞았다. 불이 꺼진 화산도 하나 가지고 있다. 그러나 어린 왕자의 말처럼 "어떻게 될지 알 수 없는" 일이었다. 그래서 불이 꺼진 화산 굴뚝도 잘 청소를 했다. 화산을 잘 청소해 놓으면 폭발하지 않고 적당하고 규칙적으로 불을 피운다, 화산의 폭발은 난로 화재와 같다. 물론 우리 지구에서는 우리가 너무 작아 화산을 청소할 수 없다. 그래서 그것들은 우리에게 많은 걱정을 끼친다.

La eta princo iom melankolie ankaŭ fortiris la lastajn baobabajn ŝosojn. Li kredis, ke li neniam devos reveni. Sed dum tiu mateno ĉiuj tiuj kutimaj laboroj ŝajnis al li ege dolĉaj. Kaj, kiam lastfoje li akvumis la floron kaj estis kovronta per ĝia kloŝo, li eksentis en si ploremon.

어린 왕자는 조금 우울하게 마지막 바오바브 나무의 싹마저 뽑아냈다. 다시 돌아오지 않으

리라고 생각했다. 그러나 아침 내내 모든 익숙
한 일들이 아주 매력적으로 보였다. 마지막으
로 물을 다 준 뒤 꽃에 유리 뚜껑을 덮으려
할 때 어린 왕자의 가슴 속에서 울음이 터져
나오려고 했다.

—Adiaŭ! li diris al la floro.
"잘 있어!" 하고 꽃을 향해 말했다.

Sed ĝi ne respondis.
그러나 꽃은 대답하지 않았다.

—Adiaŭ! li denove diris.
"잘 있어!" 하고 다시 말했다.

La floro ektusis, sed ne pro sia
malvarmumo.

꽃은 기침했지만 감기때문은 아니었다.

—Mi estis stulta, ĝi fine diris al li.
Pardonu min. Penu esti feliĉa.

"내가 어리석었어. 나를 용서해. 행복하도록

힘써!" 하고 꽃이 결국 어린 왕자에게 말했다.

Lin surprizis, ke ĝi neniel riproĉis lin. Li restis senmova, tute konfuzita, tenante la levitan kloŝon. Li ne komprenis ĉi tiun trankvilan dolĉecon.

절대 비난하지 않아서 어린 왕자는 놀랐다. 들어 올린 유리 뚜껑을 든 채 어쩔 줄 모르고 멍하니 서 있었다. 어린 왕자는 이 조용한 다정스러움을 이해하지 못했다.

—Jes, jes, mi amas vin, diris al li la floro. Estis mia kulpo, ke vi ne sciis pri tio. Neniel gravas. Sed vi estis same stulta, kiel mi. Penu feliĉa… Flanklasu tiun kloŝon[13)]! Mi ne plu volas ĝin.

"그래, 맞아 나는 너를 사랑했어. 그것을 네가 알지 못한 것은 내 탓이야. 아무래도 좋아. 그러나 너도 나처럼 어리석어. 행복하려고 애써. 그 유리 뚜껑을 치워. 다시는 필요 없어." 하고 꽃이 어린 왕자에게 말했다.

---

13) 유리뚜껑

-Sed la vento…
"하지만 바람이..."

-Mia malvarmumo ne estas tiel forta…
La freŝa nokta aero estos por mi saniga.
Mi estas floro.

"나의 감기는 그렇게 심하지 않아. 시원한 밤
공기가 나를 건강하게 해. 나는 꽃이거든."

-Sed la bestoj…
"하지만 짐승들이..."

-Ja necesas, ke mi toleru du-tri raŭpoj
n[14], se mi volas koni papiliojn. Oni
diras, ke ili estas tiel belaj! Se ne, kiu
do vizitos min? Vi mem estos
malproksime. Koncerne la grandajn
bestojn mi nenion timas. Mi havas miajn
ungegojn.

"내가 나비와 친해지려면 두세 마리 유충을
견디는 것이 정말 필요해. 그것들이 정말 예쁘

---

14) 유충. 커서 나비가 되는 벌레

다고 사람들이 말했어. 그렇지않으면 누가 나를 찾아와 주겠니? 너는 스스로 멀리 있겠지. 커다란 짐승이라면 나는 아무것도 두렵지 않아. 내 발톱이 있거든."

Kaj ĝi naive montris siajn kvar dornojn. Poste ĝi aldonis:
—Ne plu prokrastu. Tio min incitas. Vi decidis foriri. Foriru!

그리고 순진하게 네 개의 가시를 보여주었다. 뒤에 "더 우물쭈물하지 마. 그것이 나를 자극해. 떠난다고 결심했잖아. 어서 가!" 하고 덧붙였다.

Ĉar ĝi ne volis, ke li vidu ĝin plori. Tiu floro estis tiel fierega…

꽃은 우는 모습을 어린 왕자에게 보이고 싶지 않았기 때문이다. 그렇게 꽃은 자존심이 셌다.

《X》

Li troviĝis en la regiono de la asteroidoj 325, 326, 327, 328, 329 kaj 330. Li do unue vizitis ilin, por tie serĉi okupon kaj por kleriĝi.

어린 왕자의 별은 소행성 325, 326, 327, 328, 329, 330 지역에 있다. 거기서 일을 찾고 더 현명해지려고 처음 그곳들을 찾아갔다.

La unua estis loĝata de reĝo. Ĉi tiu, vestita per purpuro[15] kaj ermeno[16], sidis sur tre simpla, tamen majesta trono.

첫 번째 별은 왕이 살고 있었다. 이 분은 보라색 담비 가죽으로 만든 옷을 입고 매우 검소하면서도 위엄있는 보좌에 앉아있었다.

―Ha! Jen regato, ekkriis la reĝo, kiam li vidis la etan princon.

---

15) 자색, 보라색
16) 동물 담비

"아, 여기 한 명의 신하가 있구나." 어린 왕자를 보았을 때 왕이 외쳤다.

Kaj la eta princo demandis sin:
―Kiel do li povas rekoni min? Li neniam vidis min!

그리고 어린 왕자는 "왕은 나를 어떻게 알 수 있지? 한 번도 나를 본 적이 없는데!"하고 궁금했다.

Li ne sciis, ke por reĝoj la mondo estas tre simpla. Ĉiuj homoj estas regatoj.

어린 왕자는 왕들에게는 세상이 매우 단순한 것을 알지 못했다. 모든 사람은 신하다.

―Alproksimiĝu, por ke mi vidu vin pli bone, diris al li la reĝo, tre fiera, ke li estas reĝo por iu.

"짐이 너를 더욱 잘 볼 수 있도록 가까이 오너라." 하고 자신이 누군가의 왕인 것이 매우 자랑스러운 왕은 어린 왕자에게 말했다.

La eta princo serĉis per la okuloj lokon por sidiĝi, sed la planedo estis tute obstrukcata[17] de la belega ermena mantelo. Li do restis staranta kaj, ĉar li estis laca, oscedis[18].

어린 왕자는 눈으로 앉을 곳을 찾았지만, 별은 매우 예쁜 담비 외투로 온통 뒤덮여 있었다. 서 있었지만 피곤했기 때문에 하품했다.

—Oscedi antaŭ reĝo kontraŭas la etiketon, diris al li la monarko. Mi malpermesas tion al vi.

"왕 앞에서 하품하는 것은 예의에 어긋난 일이야. 짐은 그것을 금하노라." 하고 왕은 어린 왕자에게 말했다.

—Mi ne povas min deteni, respondis la eta princo, tute konfuzita. Mi faris longan vojaĝon, kaj ne dormis⋯

---

17) obstrukc-o <醫> 폐색(閉塞), 지장(支障), 장해(障害); (통로의) 방해; <政> 의사방해(議事妨害); 차단(물)(遮斷(物)), 폐색(물)(閉塞(物)).
18) 하품하다

"저는 참을 수 없어요. 저는 먼 여행을 하고 잠을 한숨도 못 잤어요." 하고 어린 왕자가 어리둥절해서 대답했다.

―Tiuokaze, la reĝo diris, mi ordonas al vi oscedi. Dum multaj jaroj mi vidis neniun oscedi. La oscedoj estas por mi kuriozaĵoj[19]. Nu! Oscedu ankoraŭ! Tio ĉi estas ordono.

"그렇다면 하품하라고 명령하노라. 오랫동안 짐은 하품하는 사람을 보지 못했어. 하품은 내게 신기한 일이야. 그래! 여전히 하품하거라! 이것은 명령이야," 하고 왕이 말했다.

―Tio timigas min… Mi ne povas plu… diris la eta princo ruĝiĝante.

"무서워요. 저는 더는…." 하고 어린 왕자는 얼굴이 빨개지면서 중얼거렸다.

―Hm! Hm! la reĝo respondis. Sekve, mi… mi ordonas al vi jen oscedi, jen…

___

19) 신기한, 기이한, 호기심을 끄는

"어흠! 어흠! 그렇다면, 짐이 명령할게. 어떨 때는 하품하고 어떨 때는….” 하고 왕은 대답했다.

Li iom balbutis kaj ŝajnis ofendita.
조금 말을 더듬더니 화가 난 것 같았다.

Ĉar la reĝo nepre volis, ke lia aŭtoritato estu respektata. Li ne toleris malobeadon. Li estis absoluta monarko. Sed, ĉar li estis tre bona, li donis saĝajn ordonojn.

왜냐하면, 왕은 반드시 권위가 존경받기를 바랐기 때문이다. 불순종을 참지 못한다. 절대 군주다. 그러나 워낙 선량하니까 왕은 사리에 맞는 명령을 내린다.

"Se mi ordonus al iu generalo aliformiĝi en marbirdon, kaj se tiu generalo ne obeus, la kulpo ne estus lia, li kutimis diri, la kulpo estus mia.”

"짐이 어느 장군에게 물새로 변하라고 명령한

다면 그리고 그 장군이 순종하지 않는다면 잘
못은 장군에게 있지 않다. 잘못은 짐에게 있
다." 하며 왕은 말하곤 했다.

—Ĉu mi rajtas sidiĝi? timeme demandis
la eta princo.

"앉아도 되나요?" 떨며 어린 왕자가 물었다.

—Mi ordonas, ke vi sidiĝu, respondis la
reĝo kaj majeste tiris al si unu baskon[20]
de sia ermena mantelo.

"짐은 앉기를 명하노라." 하고 왕은 대답했다.
그리고 담비 외투 자락을 위엄있게 자기 앞으
로 당겼다.

Sed la eta princo miris. La planedo estis
malgrandega. Super kio la reĝo do
povas reĝi?

그러나 어린 왕자는 놀랐다. 별이 너무 작았
다. 무엇을 왕은 다스릴 수 있을까?

---

20) (옷의)자락 (의복 등의)늘어진 것

―Via Reĝa Moŝto, li diris al li, mi peta s… pardonu, ke mi demandas vin…

"왕이시여! 죄송하지만 여쭙고 싶은 것이 있습니다." 하고 어린 왕자가 왕에게 말했다.

―Mi ordonas, ke vi demandu min, rapide diris la reĝo.

"내게 질문하라고 명령하노라." 하고 왕은 빠르게 말했다.

―Via Reĝa Moŝto… super kio vi reĝas?
"왕이시여! 무엇을 다스리시나요?"

―Super ĉio, respondis la reĝo grandioze simple.

"모든 것을" 하며 왕은 한마디로 엄숙하게 대답했다.

―Super ĉio?
"모든 것을요?"

La reĝo per diskreta[21] gesto montris sian propran planedon, la aliajn planedojn kaj la stelojn.

왕은 신중한 행동으로 자신의 별, 다른 별 그리고 수많은 별을 가리켰다.

―Super ĉio ĉi? diris la eta princo.
"이 모두를요?" 어린 왕자가 말했다.

―Jes, super ĉio ĉi… la reĝo respondis.
"응, 이 모두를" 하고 왕은 대답했다.

Ĉar li estis monarko ne nur absoluta, sed ankaŭ universala.

왜냐하면, 왕은 절대적일 뿐만 아니라 우주의 군주이기 때문이다.

―Ĉu do la steloj obeas vin?
"그러면 별들이 폐하께 복종합니까?"

―Tute certe, diris al li la reĝo. Ili tuj

---

21) (행실이)신중한, 사려깊은

obeas. Mi ne toleras malobeadon.

"정말 확실히, 별들은 바로 순종해. 짐은 불순
종을 용서하지 못해." 하고 왕이 어린 왕자에
게 말했다.

Tia povo ege mirigis la etan princon. Se
li mem havus ĝin, li povus ĉeesti en la
sama tago ne kvardek kvar, sed sepdek
du, eĉ cent aŭ ducent sunsubirojn,
neniam devigate aliloki sian seĝon! Kaj,
ĉar li sentis sin iom malgaja, memorante
pri sia malgranda forlasita planedo, li
kuraĝiĝis peti favoron de la reĝo:
─Mi volus vidi sunsubirojn··· Plezurigu
min!··· Ordunu al la suno subiri!···

어린 왕자는 그런 능력에 매우 놀랐다. 정말
그런 능력을 갖췄다면 결코 의자를 옮기지 않
고도 하루에 44번이 아니라 72번이라도 100
번이나 200번조차도 해 지는 것을 지켜볼 수
있을 것이다. 두고 온 작은 별을 추억하면서
조금 슬퍼졌기 때문에 어린 왕자는 "해가 지
는 것을 보기 원해요. 저를 기쁘게 해주세요.

해지도록 명령해 주세요."하며 용기를 내어 왕에게 부탁을 드렸다.

―Se mi ordonus al iu generalo flugi de floro al floro same kiel papilio, aŭ verki tragedion, aŭ aliformiĝi en marbirdon, kaj se la generalo ne plenumus la ricevitan ordonon, kiu malpravus? Ĉu li aŭ mi?

"짐이 어느 장군에게 나비처럼 꽃들을 이리저리 다니며 날아가라거나 비극을 쓰라거나 물새로 변하라고 명령한다면 그리고 장군이 받은 명령을 수행하지 못한다면 누가 잘못이니? 장군인가 짐인가?"

―Vi, firme diris la eta princo.
"폐하이십니다." 어린 왕자가 굳세게 말했다.

―Tute ĝuste. Oni devas postuli de ĉiu tion, kion tiu povas fari. Aŭtoritato baziĝas unue sur saĝo. Se vi ordonos al via popolo sin ĵeti en la maron, ĝi ribelos. Mi havas la rajton postuli obeadon, ĉar miaj ordonoj estas saĝaj.

"정말 옳도다. 장군이 할 수 있는 것을 요구해
야 해. 권위는 사리에 근거를 두어야 해. 백성
에게 바다에 빠져 죽으라고 명령한다면 거슬
릴 거야. 짐은 복종을 요구할 권리를 가지고
있어. 왜냐하면, 짐의 명령은 합리적이니까."

—Kaj mia sunsubiro? rememorigis lin la
eta princo, kiu, farinte demandon,
neniam plu forgesis ĝin.

"그러면 해지는 것은요?" 하고 한번 한 질문
은 절대 잊어버리지 않는 어린 왕자가 왕에게
상기시켰다.

—Vian sunsubiron vi havos. Mi ĝin
postulos. Sed, pro mia scio pri la
regarto, mi atendos, ĝis la kondiĉoj
estos favoraj.

"해지는 것을 볼 수 있어. 짐이 요청할 거야.
그러나 통치신념에 따라 짐은 조건이 맞을 때
까지 기다릴 거야."

─Kiam tio okazos? informiĝis la eta princo.

"언제 일어날까요?" 어린 왕자가 물었다.

─Hm! Hm! respondis al li la reĝo, kiu unue konsultis dikan kalendaron. Hm! Hm!, Tio okazos ĉirkaŭ··· ĉirkaŭ··· tio estos hodiaŭ vespere ĉirkaŭ la sepa kaj kvardek minutoj! Kaj vi vidos, kiel bone obeata mi estas.

"어흠! 어흠!" 처음에 두꺼운 달력을 살펴보더니 왕은 "어흠! 어흠! 그것은 대략 오늘 밤 7시 40분경에 일어날 거야. 그리고 너는 내 명령이 얼마나 잘 복종 되는지 볼 수 있어." 하고 대답했다.

La eta princo oscedis. Li bedaŭris sian maltrafitan sunsubiron. Kaj jam li iom enuis.

어린 왕자는 하품했다. 해지는 것이 이뤄지지 않아 아쉬웠다. 그리고 벌써 조금 지루해졌다.

—Mi havas plu nenion por fari ĉi tie, li diris al la reĝo. Mi tuj foriros!

"여기서 할 게 더 없습니다. 저는 곧 떠나겠습니다." 하고 왕에게 말했다.

—Ne foriru, respondis la reĝo, kiu tiel multe fieris havi regaton. Ne foriru! Mi faros vin ministro!

"가지 마라. 가지 마, 짐이 너를 장관으로 삼을게!" 하고 신하가 있어 매우 자랑스러운 왕이 대답했다.

—Ministro pri kio?
"무슨 장관이요?"

—Pri… justico!
"법무부"

—Sed estas neniu juĝota!
"그러나 재판받을 사람이 없는데요."

—Oni ne scias, diris la reĝo. Mi ankoraŭ

ne ĉirkaŭiris mian reĝlandon. Mi estas tre maljuna, mi ne havas lokon por kaleŝego[22], kaj piediri lacigas min.

"사람들은 몰라. 나는 아직 나의 다스리는 땅을 둘러보지 못했어. 나는 너무 늙었고 커다란 마차를 둘 장소도 없어. 그리고 걷는 것이 나를 피곤하게 해." 하고 왕이 말했다.

─Ho! Sed mi jam vidis, diris la princo, kiu kliniĝis por ankoraŭfoje rigardi al la alia flanko de la planedo. Ankaŭ tie estas neniu…

"저런, 그러나 저는 벌써 다 봤어요. 저기에 아무도 없어요." 하고 다시 한번 별의 저쪽 편을 쳐다보려고 고개를 숙이며 어린 왕자가 말했다.

─Do, vi juĝos vin mem, respondis la reĝo. Tio estas plej malfacila. Estas multe pli malfacile juĝi sin mem, ol juĝi la aliajn. Se vi sukcesos bone juĝi vin,

---

22) (옛날의 덮개있는)마차

tio signifos, ke vi estas vera saĝulo.

"그럼 너 자신을 재판해라. 그것은 가장 어려운 일이지. 다른 사람을 재판하는 것보다 자기 자신을 재판하는 것이 훨씬 어려운 법이야. 네가 자신을 훌륭히 재판하는 데 성공한다면 그건 네가 참으로 지혜로운 사람이라는 것을 의미해." 하고 왕이 대답했다.

─Mi, diris la eta princo, ĉie ajn povas min mem juĝi. Mi por tio ne bezonas loĝi ĉi tie.

"저는 어디서든지 저 자신을 재판할 수 있어요. 그러려고 여기에 머무를 필요는 없습니다." 하고 어린 왕자가 말했다.

─Hm! Hm! la reĝo diris. Mi ja kredas, ke ie sur mia planedo estas iu maljuna rato. Mi aŭdas ĝin dumnokte Vi povos juĝi tiun maljunan raton. De tempo al tempo vi kondamnos ĝin al morto. Tiel ĝia vivo dependos de via juĝo. Sed ĉiufoje vi amnestios ĝin, por ŝpari ĝin.

Estas nur unu.

"어흠! 어흠!" 한 뒤 왕이 "나의 별 어딘가에 늙은 쥐가 있다고 정말 믿어. 밤중에 그 소리가 들려. 그 늙은 쥐를 재판할 수 있어. 때때로 그 쥐에게 사형 선고를 내려. 그 목숨이 너의 재판에 달렸지. 그러나 아끼기 위해 번번이 사면해 줘야 해. 오직 하나뿐이니까." 하고 말했다.

—Mi, respondis la eta princo, ne ŝatas kondamni al morto, kaj ja kredas, ke mi tuj foriros.

"저는 사형 판결을 좋아하지 않아요. 그리고 저는 곧 떠나려고 생각합니다." 하고 어린 왕자가 대답했다.

—Ne, diris la reĝo.
"가지마!" 하고 왕이 말했다.

Sed la eta princo, fininte siajn preparojn, ne volis ĉagreni la maljunan monarkon.

그러나 준비를 마친 어린 왕자는 늙은 왕을 섭섭하게 하고 싶지 않았다.

―Se Via Reĝa Moŝto dezirus esti akurate obeata, Li povus doni al mi saĝan ordonon. Ekzemple, Li povus ordoni al mi foriri, antaŭ ol pasos unu minuto. Ŝajnas al mi, ke la kondiĉoj estas favoraj…

"왕이시여! 정확히 복종하기를 원하신다면 사리에 맞는 명령을 내려주세요. 예를 들어 1분 내로 떠나라고 명령하실 수 있잖아요. 조건이 좋은 것 같아요."

Ĉar la reĝo nenion respondis, la eta princo unue hezitis kaj poste kun suspiro ekiris for…

왕이 아무 말도 하지 않았기 때문에 어린 왕자는 처음에는 망설이다가 나중에 한숨을 내쉰 뒤 멀리 떠나갔다.

―Mi nomumas vin mia ambasadoro,

tiam rapide kriis la reĝo.

"짐은 너를 대사로 임명하노라." 하고 그때 왕
이 서둘러 외쳤다.

Li   surhavis   mienon   de   grava
aŭtoritatulo.

왕은 잔뜩 위엄스러운 표정을 지었다.

"La   granduloj   certe   estas   strangaj.",
diris al si la eta princo dumvoje.

"어른들은 정말로 이상해." 하고 어린 왕자는
여행하면서 속으로 중얼거렸다.

《XI》

La dua planedo estis loĝata de malmodestulo.

두 번째 별은 허영쟁이가 살고 있다.

―Ha! Ha! Jen vizito de iu admiranto! de malproksime ekkriis la malmodestulo, tuj kiam li ekvidis la etan princon.

"아, 아, 어느 칭찬해 주는 사람이 찾아왔군." 멀리서 허영쟁이가 어린 왕자를 보자마자 소리쳤다.

Efektive, por malmodestuloj la aliaj homoj estas admirantoj.

사실, 허영쟁이에게는 모든 사람이 칭찬하는 사람이다.

―Bonan tagon! diris la eta princo.
"안녕하세요!" 어린 왕자가 말했다.

―Vi surhavas strangan ĉapelon, sinjoro.

"이상한 모자를 쓰셨네요. 아저씨."

―Ĝi estas por saluti, respondis la malmodestulo. Por saluti, kiam oni min aklamas. Bedaŭrinde, neniam iu pasas tie ĉi.

"인사를 위한 것이란다. 사람들이 나를 칭찬할 때 인사하기 위해서지. 아쉽게도 이곳으로 지나는 사람이 아무도 없어." 하고 허영쟁이가 대답했다.

―Ĉu vere? diris la eta princo, kiu ne komprenis.

"정말요?" 무슨 뜻인지 알지 못하고 어린 왕자가 말했다.

―Klakfrapu viajn manojn unu kontraŭ la alia, konsilis[23]do la malmodestulo.

"네 손바닥을 서로 맞대고 손뼉을 쳐 주렴."

---

23) 상의하다, 건의하다, 충고하다

하고 허영쟁이가 일러 주었다.

La eta princo kunfrapis siajn manojn.
La malmodestulo modeste salutis,
levante sian ĉapelon.

어린 왕자는 손뼉을 쳤다. 허영쟁이가 모자를
들면서 겸손하게 인사했다.

"Tio estas ja pli amuza, ol la vizito ĉe la
reĝo." pensis la eta princo.

"왕을 방문할 때보다 훨씬 재미있군." 하고 어
린 왕자는 생각했다.

Kaj li denove kunfrapis siajn manojn. La
malmodestulo denove salutis, levante
sian ĉapelon.

그리고 다시 손뼉을 쳤다. 허영쟁이가 다시 모
자를 들면서 인사했다.

Sed, post kvin minutoj de tiu ludo, ĝi
fariĝis por la eta princo monotoma, kaj

li laciĝis.

이런 장난도 5분이 지나자 어린 왕자는 단조롭고 피곤해졌다.

—Kaj kion fari, li demandis, por ke la ĉapelo falu?

"모자가 떨어지게 하려면 어떻게 하나요?" 하고 어린 왕자가 물었다.

Sed la malmodestulo ne aŭdis lin. La malmodestuloj ĉiam aŭdas nur laŭdojn.

그러나 허영쟁이는 듣지 않았다. 허영쟁이는 항상 칭찬만을 듣는다.

—Ĉu vi vere multe admiras[24] min? li demandis la etan princon.

"너는 정말로 나를 매우 흠모하니?" 하고 어린 왕자에게 물었다.

---

24) 감탄하다, 흠모하다, 찬미하다, 경복하다

─Kion signifas 'admiri'?

"'흠모'가 무슨 뜻이예요?"

─'Admiri' signifas rekoni, ke mi estas la plej bela, plej bele vestita, plej riĉa kaj plej inteligenta homo sur la planedo.

"흠모한다는 것은 내가 이 별에서 가장 멋있고, 가장 옷을 잘 입고, 가장 부자고, 가장 지적인 사람이라고 아는 것을 의미해."

─Sed vi estas sola sur via planedo!

"하지만 아저씨는 이 별에서 혼자잖아요!"

─Faru al mi tiun ĉi plezuron. Tamen admiru min!

"내게 이 기쁨을 주렴! 허나 나를 흠모해!"

─Mi admiras vin, diris la eta princo, levante iom la ŝultrojn, sed kiel tio povas interesi vin?

"저는 아저씨를 흠모해요." 어린 왕자는 어깨

를 살짝 들면서 "그러나 그것이 왜 아저씨를 재미있게 하죠?" 하고 말했다.

Kaj la eta princo foriris.
그리고 어린 왕자는 떠났다.

"La granduloj certe estas tre strangaj."
li nur diris al si dumvoje.

"어른들은 정말로 매우 이상해." 어린 왕자는 여행하는 동안 오로지 속으로 중얼거렸다.

《XII》

La sekva planedo estis loĝata de ebriulo.
Tiu vizito estis tre mallonga, sed ege
malĝojigis la etan princon.

다음 별에는 술꾼이 살았다. 이 방문은 매우
짧았지만 어린 왕자를 아주 슬프게 했다.

─Kion vi faras ĉi tie? li diris al la
ebriulo, kiun li trovis silente sidanta
antaŭ vico da plenaj boteloj kaj vico da
malplenaj.

"여기서 무엇 하세요?" 한 무더기의 술이 든
병과 한 무더기의 빈 병 앞에서 조용히 앉아
있는 술꾼을 보고 어린 왕자가 말했다.

─Mi drinkas, respondis la ebriulo kun
funebra mieno.

"술을 마신다." 침울한 얼굴을 하고 술꾼이 대
답했다.

―Kial vi drinkas? demandis la eta princo.

"왜 술을 마시나요?" 어린 왕자가 물었다.

―Por forgesi, respondis la ebriulo.
"잊기 위해서"라고 술꾼이 대답했다.

―Por forgesi kion? informiĝis la eta princo, kiu jam ekkompatis lin.

"무엇을 잊으려고요?" 이미 불쌍하다는 생각이 들어 어린 왕자가 물었다.

―Por forgesi, ke mi hontas, konfesis la ebriulo, mallevante la kapon.

"내가 부끄럽다는 것을 잊기 위해서" 술꾼이 고개를 숙이면서 털어놨다.

―Pri kio vi hontas? demandis la eta princo, kiu deziris helpi lin.

"무엇이 부끄러운가요?" 도와주고 싶어 어린

왕자가 물었다.

—Mi hontas drinki! diris por fini la ebriulo kaj definitive eksilentis.

"술 마시는 것이 부끄러워!" 술꾼이 끝내려고 말하고 깊은 침묵에 빠졌다.

Kaj la eta princo foriris, ne sciante kion pensi.

그래서 어린 왕자는 의아해하며 길을 떠났다.

"La granduloj certe estas tre tre strangaj", li diris al si dumvoje.

"어른들은 정말 너무너무 이상해." 어린 왕자 는 여행하면서 속으로 중얼거렸다.

《XIII》

La kvara planedo estis tiu de la negocisto. Tiu viro estis tiel okupata, ke li eĉ ne levis la kapon ĉe la alveno de la eta princo.

네 번째 별은 장사꾼이 살고 있다. 이 남자는 너무 바빠서 어린 왕자가 도착했는데도 고개 조차 들지 않았다.

─Bonan tagon! salutis la eta princo. Via cigaredo estingiĝis, sinjoro.

"안녕하세요! 담배가 이미 꺼졌어요." 어린 왕자가 인사했다.

─Tri kaj du estas kvin. Kvin kaj sep, dek du. Dek du kaj tri, dek kvin. Bonan tagon! Dek kvin kaj sep estas dudek du. Dudek du kaj ses, dudek ok. Mi ne havas tempon por denove ekbruligi ĝin. Dudek ses kaj kvin, tridek unu. Uf[25]!

---

25) 휴! (피곤하거나 힘든 일을 하고 난 뒤에 내쉬는 한숨).

Tio entute estas do kvincent unu milionoj sescent dudek du mil sepcent tridek unu.

"3 더하기 2는 5. 5 더하기 7은 12. 12 더하기 3은 15. 안녕! 15 더하기 7은 22, 22 더하기 6은 28. 나는 담배에 다시 불을 붙일 시간도 없어. 26 더하기 5는 31. 후! 그러면 이것이 모두 501,622,731"

─Kvincent milionoj da kio?
"무엇이 5억인가요?"

─Ha! Ĉu vi ankoraŭ estas tie ĉi? Kvincent unu milionoj da… mi ne scias plu… Mi havas tiom da laboro! Mi estas ja serioza, mi ne amuziĝas per bagateloj! Du kaj kvin, sep…

"아, 아직도 여기 있었니? 5억 1백만, 나는 더는 몰라. 나는 일이 너무 많아. 나는 정말 진지해. 나는 사소한 일로 즐기지 않아, 2 더하기 5는 7."

—Kvincent unu milionoj da kio? ripetis la eta princo, kiu, farinte demandon, neniam en sia vivo rezignis pri ĝi.

"무엇이 5억 백만인가요?" 한번 한 질문은 삶에서 결코 포기한 적이 없는 어린 왕자가 되풀이했다.

La negocisto levis la kapon.
—Dum la kvindek kvar jaroj, de kiam mi loĝas sur tiu ĉi planedo, mi estis ĝenata nur trifoje. La unuan fojon tio okazis antaŭ dudek du jaroj, pro majskarabo[26], kiu falis de Dio-scias-kie. Ĝi bruis terure, kaj sekve mi faris kvar erarojn en adicio. Duan fojon tio okazis antaŭ dek unu jaroj pro reŭmatisma atako. Korpa ekzercado mankas al mi. Mi ne havas tempon por vagadi. Mi estas ja serioza. Trian fojon… jen! Mi do diris: kvincent unu milionoj…

장사꾼이 고개를 들었다.

---

26) 풍뎅이

"이 별에서 내가 산 54년 동안 오직 세 차례 방해를 받았지. 첫 번째는 22년 전에 발생한 일인데 난데없이 떨어진 풍뎅이 때문이었지. 그것이 요란스럽게 윙윙거렸지. 그래서 4번이나 계산이 틀렸어. 두 번째는 11년 전에 생긴 일인데 신경통 때문이었어. 운동이 부족해. 산책할 시간도 없거든. 나는 정말 진지한 사람이야. 3번째는 이번이야. 내가 '5억 1백만'이라고 말했지."

—Milionoj da kio?
"무엇이 백만이요?"

La negocisto ekkomprenis, ke li neniel povas esperi trankvilon.

장사꾼은 결코 조용해지기를 바랄 수 없다고 깨달았다.

—Milionoj da tiuj aĵetoj, kiujn oni iafoje vidas sur la ĉielo.

"사람들이 몇 번인가는 하늘에서 본 수백만 개의 작은 것들"

—Ĉu muŝo[27])j?

"파리인가요?"

—Tute ne! Aĵetoj, kiuj brilas.

"전혀 아니야! 반짝이는 작은 것들."

—Ĉu abeloj?

"벌인가요?"

—Ne, ne! Oraj aĵetoj, pri kiuj revas mallaboremuloj. Sed mi estas ja serioza! Mi ne havas tempon por revadi.

"전혀 아니야! 그것에 대해 가난뱅이들이 공상에 잠기도록 하는 황금빛 작은 것들. 그러나 나는 정말 중요한 사람이야. 나는 공상할 시간도 없어."

—Ha! Ĉu steloj?

"그럼 별이요?"

—Jes, ĝuste, steloj.

---

27) 파리

"응 맞았어. 별이야."

―Kaj kion vi faras per kvincent milionoj da steloj?

"5억 개의 별로 무엇을 하는데요?"

―Kvincent unu milionoj sescent dudek du mil sepcent tridek unu. Mi estas ja serioza kaj preciza.

"501,622,731개. 나는 정말 중요하고 정확한 사람이야."

―Kaj kion vi faras per tiuj steloj?
"그 별로 무엇을 하세요?"

―Kion mi faras per ili?
"그것으로 무엇을 하느냐고?"

―Jes.
"예!"

―Nenion mi faras per ili. Mi posedas

ilin.

"그것으로 아무것도 안 해. 나는 그것들을 가
지고 있어."

―Ĉu vi posedas la stelojn?
"별은 가진다고요?"

―Jes.
"응"

―Sed mi jam vidis reĝon, kiu…
"하지만 내가 벌써 본 왕은"

―La reĝoj ne posedas. Ili reĝas. Tio
estas tute alia afero.

"왕은 갖지 않아. 왕은 다스리지. 그것은 전혀
별개의 일이야."

―Kaj por kio utilas al vi posedi la
stelojn?

"별을 갖는 것이 무슨 소용이 있어요?"

—Tio utilas al mi por esti riĉa.
"그것이 내가 부자 되는데 필요해."

—Kaj por kio utilas al vi esti riĉa?
"부자 되는 것이 왜 필요해요?"

—Por aĉeti aliajn stelojn, se iu trovas iujn.

"누가 별들을 발견하면 다른 별을 사는 데 필요해."

La eta princo diris al si: "Tiu ĉi rezonas iom same, kiel mia ebriulo." Tamen li demandis plu:
—Kiel oni povas posedi la stelojn?

어린 왕자는 속으로 중얼거렸다. "이 사람은 전에 술꾼과 논리가 조금 비슷해." 그러나 어린 왕자는 "사람들이 별을 어떻게 갖게 되나요?"하고 물었다.

—Al kiu ili apartenas? tuj rebatis la negocisto grumblante.

"별들이 누구거니?" 곧바로 장사꾼은 불평하면서 반격했다.

—Mi ne scias. Al neniu.
"나는 몰라요. 누구 것인지."

—Do, ili apartenas al mi, ĉar mi estas la unua, kiu pensis pri tio.

"그래서 별들이 내 것인 거야. 왜냐하면, 내가 그것에 대해 제일 먼저 생각했으니까."

—Ĉu tio sufiĉas?
"그것이 충분한가요?"

—Kompreneble. Se vi trovas diamanton, kiu estas nenies propraĵo, ĝi apartenas al vi. Se vi trovas insulon, kiu estas nenies propraĵo, ĝi apartenas al vi. Se vi kiel unua havas iun ideon, vi patentigas ĝin: ĝi apartenas al vi. Kaj sekve mi posedas la stelojn, ĉar neniam iu antaŭ mi havis la ideon ilin posedi.

"물론. 네가 임자 없는 다이아몬드를 찾는다면 그것은 네 것이 돼. 네가 임자 없는 섬을 찾는다면 그것은 네 것이 돼. 네가 첫 번째로 어떤 생각을 가지면 특허를 받아야 해. 그것은 네 것이 돼. 따라서 나는 별을 갖지. 왜냐하면, 나 이전에 그 누구도 별을 가질 생각을 결코 하지 못했으니까."

─Tio estas vera, diris la eta princo. Kaj kion vi faras per ili?

"그건 사실이에요. 하지만 그것으로 무엇을 하시나요?" 어린 왕자가 말했다.

─Mi administras ilin. Mi kalkulas kaj rekalkulas ilin, diris la negocisto. Estas malfacile. Sed mi estas serioza viro!

"나는 그것들을 관리해. 세고 또 세지." 장사꾼이 말했다. "어려운 일이야. 그러나 나는 중요한 남자야."

La eta princo ankoraŭ ne estis kontenta.
어린 왕자는 여전히 만족하지 못했다.

―Se mi posedas koltukon, mi povas ĝin meti ĉirkaŭ mian kolon kaj kunporti. Se mi posedas floron, mi povas ĝin pluki[28] kaj kunporti. Sed vi ne povas pluki la stelojn!

"내가 목도리를 가지고 있으면 나는 내 목에 두르고 다닐 수 있어요. 내가 꽃을 가지고 있으면 그것을 꺾거나 가지고 다닐 수 있어요. 그러나 아저씨는 별을 딸 수 없잖아요."

―Ne, sed mi povas deponi ilin en bankon.

"그래. 하지만 그것을 은행에 맡길 수 있어."

―Kion tio signifas?
"그것이 무슨 뜻인데요?"

―Tio signifas, ke mi skribas sur papereton la nombron de miaj steloj. Kaj poste mi enŝlosas tiun ĉi paperon en tirkeston.

---

28) (꽃 따위를) 따다, 꺾다

"그것은 내 별의 수를 종잇조각에 적는 것을 뜻해. 나중에 이 종이를 서랍에 잠그거든."

―Nenion pli?
"더는 안 해요?"

―Tio sufiĉas!
"그뿐이지!"

"Tio estas amuza, pensis la eta princo. Sufiĉe poezia, sed ne tre serioza."

"그것은 재밌군." 어린 왕자는 생각했다. "아주 시적이지만 그렇게 중요하지는 않아."

Pri seriozaj aferoj la eta princo havis ideojn tute malsamajn al tiuj de la granduloj.

중요한 일에 대하여 어린 왕자는 어른들과 매우 다른 생각을 하고 있었다.

―Mi posedas floron, kiun mi akvumas ĉiutage, li ankoraŭ diris. Mi posedas tri

vulkanojn, kies kamentubojn mi skrapas
ĉiusemajne. Ĉar mi skrapas ankaŭ tiun,
kiu estas estingita. Oni neniam scias.
Por miaj vulkanoj kaj ankaŭ por mia
floro estas utile, ke mi posedas ilin. Sed
vi ne estas utila por la steloj…

"저는 날마다 물을 주는 꽃을 가지고 있어요.
저는 한 주마다 굴뚝을 청소하는 3개의 화산
을 가지고 있어요. 저는 불이 꺼진 것까지도
잘 청소해요. 사람들은 결코 모를 거예요. 제
화산이나 제 꽃은 제가 가지고 있어 유익해요.
그러나 아저씨는 별에 유익하지 않아요." 하고
어린 왕자는 여전히 말했다.

La negocisto malfermis sian buŝon, sed
trovis nenion por respondi, kaj la eta
princo foriris.

장사꾼은 입을 열었지만 어떤 대답할 말도 찾
지 못하여, 그래서 어린 왕자는 떠났다.

"La granduloj certe estas tute strangaj."
li nur diris al si dumvoje.

"어른들은 확실히 정말 이상해" 여행을 하면
서 속으로 중얼거릴 뿐이었다.

《XIV》

La kvina planedo estis tre kurioza. Ĝi estis la plej malgranda el ĉiuj. Tie estis nur sufiĉa spaco por loki unu stratlanternon kaj unu lanterniston. La eta princo ne sukcesis klarigi al si, por kio povas utili lanterno kaj lanternisto ie en la ĉielo, sur planedo sen domo aŭ loĝantaro. Tamen li pensis:
"Povas esti, ke tiu viro estas absurda. Tamen li estas malpli absurda, ol la reĝo, la malmodestulo, la negocisto kaj la ebriulo. Almenaŭ lia laboro havas sencon. Kiam li lumigas sian lanternon, estas, kvazaŭ li aperigus unu plian stelon, aŭ floron. Kiam li estingas sian lanternon, tio endormigas la stelon aŭ la floron. Jen bela okupo. Tio vere utilas, ĝuste ĉar tio belas."

다섯 번째 별은 정말 이상했다. 모든 별 중에서 가장 작았다. 거기에는 정말 한 개 가로등과 가로등지기 한 사람을 위해 꼭 필요한 자리밖에 없었다. 집도, 사는 사람도 없는 별에서 하늘 어딘가에 가로등과 가로등지기가 무슨 소용이 있는지 어린 왕자는 이해할 수가 없었다. 하지만

"이 아저씨는 어리석다고 할 수 있어. 하지만 왕, 허영쟁이, 장사꾼, 술꾼보다는 낫지. 적어도 아저씨 일은 의미가 있어. 가로등을 켜면 마치 하나의 별이나 꽃 한 송이를 피우는 것 같아. 가로등을 끄면 별이나 꽃을 잠들게 하는 거지. 멋진 일이야. 정말 쓸모 있어. 왜냐하면, 멋있으니까." 하고 어린 왕자는 생각했다.

Kiam li alvenis sur la planedon, li respekte salutis la lanterniston:
—Bonan tagon! Kial vi ĵus estingis vian lanternon?

별에 도착해서 공손한 마음으로 가로등지기에게 "안녕하세요. 방금 왜 가로등을 끄셨어요?" 하고 인사했다.

—Estas laŭ ordono, respondis la lanternisto. Bonan tagon!

"명령에 따르거든. 안녕!" 가로등지기가 대답
했다.

ㅡKio estas la ordono?
"명령이 무엇인가요?"

ㅡĜi estas: mi devas estingi mian
lanternon. Bonan vesperon!

"명령은 내가 반드시 가로등을 꺼야 한다는
것이야. 안녕!"

Kaj li denove lumigis ĝin.
그리고 아저씨는 다시 가로등을 켰다.

ㅡSed kial vi ĵus denove lumigis ĝin?
"하지만 왜 방금 다시 등을 켰어요?"

ㅡEstas laŭ ordono, respondis la
lanternisto.

"명령에 따르거든." 가로등지기가 대답했다.

ㅡMi ne komprenas, diris la eta princo.

"이해할 수 없어요." 어린 왕자가 말했다.

—Estas nenio por kompreni, diris la lanternisto. Ordono estas ordono. Bonan tagon!

"이해할 건 아무것도 없어. 명령은 명령이거든. 안녕!" 가로등지기가 말했다.

Kaj li estingis sian lanternon.
그리고 아저씨는 가로등을 껐다.

Poste li viŝis sian frunton per ruĝe kvadratita[29] naztuko.

그런 다음 붉은 바둑판 무늬의 손수건으로 이마를 닦았다.

—Terura okupo ĝi estas. En la pasinteco estis bone. Matene mi estingis kaj vespere lumigis. Mi havis la ceteron[30] de la tago por ripozi, kaj la ceteron de

---

29) 정방형, 제곱
30) 다른, 남은

la nokto por dormi…

"정말 힘든 일이야. 옛날에는 좋았어. 아침에 등을 껐지. 그리고 저녁에 등을 켰어. 나머지 낮에는 쉬었고 나머지 밤에는 잠을 잤어."

─Kaj ĉu de tiam la ordono estis ŝanĝita?

"그러면 그 뒤 명령이 바뀌었나요?"

─La ordono ne estis ŝanĝita, diris la lanternisto. Ja precize pro tio ĝi estas terura! De jaro al jaro la planedo pli kaj pli rapide turniĝis, sed la ordono neniam ŝanĝiĝis!

"명령은 바뀌지 않았어. 정말로 그것 때문에 힘들어졌어. 해가 갈수록 별은 항상 조금씩 더 빠르게 돌아가거든. 그러나 명령은 절대 바뀌지 않아." 가로등지기가 말했다.

─Kaj kio do? diris la eta princo.
"그러면 무슨 일이?" 어린 왕자가 말했다.

—Nu, ĉar nun ĝi turniĝas unu fojon ĉiuminute, mi ne plu havas eĉ sekundon por paŭzi. Mi lumigas kaj estingas unu fojon ĉiuminute!

"보면 지금 이곳은 분마다 한 번씩 돌고 있으므로 일 초도 쉴 수 없어. 나는 일 분마다 한 번씩 켜고 끄거든."

—Tio estas vere amuza! La tago ĉe vi daŭras unu minuton!

"그것은 정말로 재밌어요. 아저씨가 있는 곳에서 하루가 일 분이라니!"

—Tio tute ne estas amuza! diris la lanternisto. Ni konversaciis jam unu monaton.

"그것은 전혀 재미있지 않아. 우리는 이야기를 나누는 동안 벌써 한 달이 지났어." 가로등지기가 말했다.

—Unu monaton?

"한 달이요?"

─Jes. Tridek minutoj estas tridek tagoj!
Bonan vesperon!

"응. 30분이 30일이야! 잘 자!"

Kaj li denove lumigis sian lanternon.
그리고 아저씨는 다시 가로등을 켰다.

La eta princo rigardis lin kaj ekamis
tiun lanterniston tiel fidelan al la
ricevita ordono. Li rememoris la
sunsubiroj, kiujn li mem iam sukcesis
spekti, alilokante sian seĝon. Li volis
helpi al sia amiko.

어린 왕자는 아저씨를 바라보다가 받은 명령
을 그렇게 충실하게 지키는 가로등지기를 좋
아하게 되었다. 언젠가 의자를 옮겨가면서 해
지는 것을 보려고 했던 지난날이 생각났다. 자
기 친구를 돕고 싶었다.

─Aŭskultu!… Mi konas metodon, per kiu

vi povos ripozi, kiam vi volas…

"들어보세요! 원할 때 쉴 방법을 알아요."

—Mi ĉiam volas, diris la lanternisto.
"나는 늘 쉬고 싶어." 가로등지기가 말했다.

Ĉar oni povas esti samtempe kaj fidela
kaj mallaborema.

왜냐하면, 사람은 성실하면서도 게으름을 피우
고 싶어 하기 때문이다.

La eta princo daŭrigis:
—Via planedo estas tiel malgranda, ke vi
povas ĉirkaŭiri ĝin per tri paŝegoj. Vi
nur devas malrapide paŝi por ĉiam resti
sub la suno. Kiam vi volos ripozi, vi
paŝos…, kaj la tago daŭros tiel longe,
kiel vi volos.

어린 왕자가 "아저씨별은 3번의 큰 걸음으로
둘러볼 수 있을 정도로 그렇게 작아요. 해 아
래서 항상 쉬려면 천천히 걸어야만 해요. 쉬고

싶으면 걸으세요. 그러면 아저씨가 원하는 만
큼 날이 그렇게 길어질 거예요." 하고 계속 말
했다.

─Tio ne tro helpos al mi, diris la
lanternisto. Tio, kion mi ŝatas en la
vivo, estas dormi.

"그것은 내게 큰 도움이 되지 않아. 왜냐하면,
삶에서 나는 다른 무엇보다도 자기를 원하니
까." 가로등지기가 말했다.

─Malbonŝance, diris la eta princo.
"안됐네요." 어린 왕자가 말했다.

─Malbonŝance, diris la lanternisto.
Bonan tagon!
"안타까워. 안녕!" 가로등지기가 말했다.

Kaj li estingis sian lanternon.
그리고 아저씨는 가로등을 껐다.

"Tiu ĉi, diris al si la eta princo,
daŭrigante sian vojaĝon, estus

malestimata de ĉiuj aliaj: la reĝo, la
malmodestulo, la ebriulo kaj la
negocisto. Tamen li estas la sola, kiu ne
ŝajnas al mi ridinda. Eble, ĉar li
okupiĝas pri io alia, ol pri si mem."

"이 아저씨는 다른 모든 사람들, 즉 왕, 허영
쟁이, 술꾼, 장사꾼으로부터 멸시를 받을 거
야. 그러나 나한테 우스꽝스럽게 보이지 않는
유일한 사람이야. 아마도 자기 자신보다도 뭔
가 다른 것에 열심히 일하기 때문이야." 하고
어린 왕자는 여행을 계속하면서 속으로 중얼
거렸다.

Li suspiris[31] pro bedaŭro kaj diris al si
ankoraŭ:
"Tiu estas la sola, kun kiu mi povus
amikiĝi. Sed lia planedo estas vere tro
malgranda. Sur ĝi ne estas spaco por
du personoj…"

아쉬워하며 한숨을 쉬고 "아저씨는 내가 친구
삼고 싶기에 유일해. 그러나 별이 너무 작아.

---

31) 한숨쉬다, 탄식하다

그곳에서는 두 사람을 위한 자리도 없어." 하
고 여전히 속으로 중얼거렸다.

La eta princo ne kuraĝis konfesi al si
mem, ke li ŝatis tiun ĉi benitan
planedon precipe pro la mil kvarcent
kvardek sunsubiroj en dudek kvaro da
horoj.

어린 왕자는 특히 하루에 1440번이나 해지는
것 때문에 축복받은 이 별을 좋아한다고 감히
고백하지 못했다.

《XV》

La sesa planedo estis dekoble pli vasta.
Ĝi estis loĝata de maljuna sinjoro, kiu
verkis dikegajn librojn.

여섯 번째 별은 먼젓번 별보다 10배는 넓었
다. 아주 두꺼운 책을 쓰고 있는 늙은 신사가
살고 있었다.

—Nu! Jen esploristo! li ekkriis, kiam li
ekvidis la etan princon.

"자, 탐험가가 오는군." 하고 어린 왕자를 처
음 보자 소리쳤다.

La eta princo sidiĝis sur la tablon kaj
iomete anhelis[32] pro laco. Li jam tiom
vojaĝis!

어린 왕자는 탁자 위에 앉아서 피곤해서 조금
헐떡였다. 벌써 그만큼 긴 여행을 했다.

---

32) 헐떡이다, 호흡촉박되다

―De kie vi venas? demandis la maljuna sinjoro.

"어디서 왔니?" 늙은 신사가 물었다.

―Kio estas ĉi tiu dika libro? diris la eta princo. Kion vi faras tie ĉi?

"이 두꺼운 책은 무엇인가요? 여기서 무엇을 하세요?" 어린 왕자가 말했다.

―Mi estas geografo, diris la maljuna sinjoro.

"나는 지리학자란다." 늙은 신사가 말했다.

―Kio estas geografo?
"지리학자가 무엇인가요?"

―Geografo estas klerulo, kiu scias, kie troviĝas maroj, riveroj, urboj, montoj kaj dezertoj.

"지리학자는 어디에 바다, 강, 도시, 산, 사막

이 있는지 아는 현명한 사람이야."

─Tio ĉi estas tre interesa, diris la eta
princo. Jen fine vera profesio!

"이것은 매우 재미있네요. 여기 마침내 진짜
직업이 있네요!" 어린 왕자가 말했다.

Kaj li ĵetis ĉirkaŭrigardon sur la
planedon de la geografo. Li ankoraŭ
neniam vidis tiel majestan planedon.

그리고 지리학자의 별 위로 주위를 둘러보았
다. 아직 그렇게 장엄한 별을 본 적이 없었다.

─Estas tre bela via planedo, sinjoro.
Ĉu estas oceanoj sur ĝi?

"이 별은 정말 아름다워요, 할아버지. 여기에
넓은 바다도 있지요?"

─Mi ne povas scii tion, diris la
geografo.

"그것을 알 수 없어." 지리학자가 말했다.

―Ha!33) (La eta princo iom seniluziiĝis.)
Ĉu montoj?
"아! (어린 왕자는 조금 환상에서 깨어났다)
산은요?"

―Mi ne povas scii tion, diris la
geografo.

"그것을 알 수 없어." 지리학자가 말했다.

―Ĉu urboj, riveroj, dezertoj?
"도시, 강, 사막은요?"

―Ankaŭ tion mi ne povas scii, diris la
geografo.

"역시 그것을 알 수 없어." 지리학자가 말했
다.

―Sed vi estas geografo!

---

33) 놀램·환희·비탄(悲嘆)·주저·고통·인민(燐憫)·경멸,
혐오(嫌惡)등을 표시함. 아!.

"하지만 지리학자시잖아요!"

—Ĝuste, diris la geografo, sed mi ne estas esploristo. Esploristoj tute mankas al mi. Ne geografo nombras urbojn, riverojn, montojn, marojn, oceanojn kaj dezertojn. Geografo estas tro grava persono por vagadi. Li ne forlasas sian skribotablon. Sed tie li akceptas la esploristojn. Li pridemandas ilin kaj notas iliajn rememorojn. Kaj, se la rememoroj de iu el ili ŝajnas al li interesaj, la geografo enketas[34] pri la moraleco de la esploristo.

"맞아, 하지만 나는 탐험가가 아니야. 내겐 탐험가가 정말 부족해. 도시, 강, 산, 바다, 대양, 사막을 세러 다니는 사람은 지리학자가 아니야. 지리학자는 너무 중요해서 돌아다닐 수 없어. 책상 앞을 떠날 수 없어. 거기서 탐험가를 맞아들여. 그들에게 물어서 그들이 기억한 것을 기록하지. 그리고 만약 그들 중 누군가의 기억이 흥미롭다면 지리학자는 탐험가의 도덕

---

34) enket-o 심문, 취조, 조사, 예심, 심리, 검시(檢屍)

성을 조사해." 지리학자가 말했다.

—Kial do?
"왜요?"

—Ĉar esploristo, kiu mensogus, kaŭzus katastrofojn en libroj pri geografio. Kaj ankaŭ esploristo, kiu drinkus.

"거짓말을 하는 탐험가라면 지리책에서 큰 사고를 초래하기 때문이지. 그리고 술 취한 탐험가도 마찬가지고."

—Kial do? diris la eta princo.
"왜요?" 어린 왕자가 말했다.

—Ĉar la ebriuloj vidas duige. Tiam la geografo notus du montojn tie, kie staras nur unu.

"왜냐하면, 술 취한 사람은 두 배로 보기 때문이지. 그러면 지리학자는 실제로 하나뿐인 것을 두 개의 산이라고 노트에 적게 될 테니."

—Mi konas iun, kiu estus malbona esploristo, diris la eta princo.

"저는 탐험가로는 나쁜 누군가를 알고 있어요." 어린 왕자가 말했다.

—Povas esti. Do, kiam la moraleco de la esploristo ŝajnas bona, oni enketas pri lia eltrovo.

"있을 수 있지. 탐험가의 도덕성이 올바르다고 생각하면, 그가 발견한 것을 우리는 조사해."

—Ĉu oni iras tien por rigardi?
"살피러 거기 가시나요?"

—Ne. Tio estus tro komplika. Sed oni postulas de la esploristo, ke li donu pruvojn. Se ekzemple temas pri eltrovo de granda monto, oni postulas, ke li alportu el ĝi grandajn ŝtonojn.

"아니. 그것은 너무 복잡해. 그러나 우리는 탐험가에게 증거를 달라고 요구하지. 예를 들어

큰 산을 발견했다고 한다면 거기서 커다란 돌 멩이를 가져오라고 요구하지."

La geografo subite ekscitiĝis.
지리학자는 갑자기 흥분했다.

―Sed vi mem venas de malproksime! Vi estas esploristo! Priskribu al mi vian planedon!

"그런데 너도 멀리서 왔지! 너는 탐험가야. 네 별에 대해 내게 설명해봐."

Kaj la geografo malfermis sian registron kaj pintigis sian krajonon. Oni skribas la esploristajn rakontojn unue per krajono. Oni atendas por skribi per inko, ĝis la esploristo estos alportinta pruvojn.

그러더니 지리학자는 장부를 꺼내서 연필의 끝을 깎았다. 탐험가의 이야기를 처음에는 연필로 적는다. 탐험가가 증거물을 가져올 때까지 잉크로 쓰는 것을 기다린다.

—Nu? ekdemandis la geografo.

"그럼?" 지리학자가 질문을 시작했다.

—Ho, ĉe mi, diris la eta princo, ne estas tre interese, estas ege malvaste. Mi havas tri vulkanojn. Du aktivajn kaj unu estingitan. Sed oni neniam scias.

"아. 제가 있는 곳은 그다지 흥미롭지는 않아요. 아주 작아요. 화산이 세 개 있어요. 두 개의 불이 있는 화산과 1개 꺼진 화산이죠. 그러나 알 수 없는 일이죠." 어린 왕자가 말했다.

—Oni neniam scias, ripetis la geografo.

"알 수 없는 일." 지리학자가 되풀이했다.

—Mi havas ankaŭ unu floron.

"저는 꽃도 한 송이 있어요."

—Ni ne notas florojn, diris la geografo.

"꽃은 기록하지 않아." 지리학자가 말했다.

—Kial do? Ili estas la plej bela afero!

"왜요? 그것들은 매우 예쁜데요."

─Ĉar la floroj estas efemeraj.
"왜냐하면, 꽃은 일시적이니까."

─Kion signifas 'efemera'?
"'일시적'이 무슨 뜻인가요?"

─Libroj pri geografio, diris la geografo, estas la plej seriozaj el ĉiuj libroj. Ili neniam elmodiĝas. Tre malofte okazas, ke monto alilokiĝas. Tre malofte okazas, ke oceano elsekiĝas. Ni skribas eternaĵojn.

"지리책은 모든 책 중에서 가장 중요해. 그것들은 결코 유행을 따르지 않아. 산이 옮기는 것은 거의 드물어. 큰 바다가 말라진다는 것도 거의 드물어. 우리는 영원한 것을 기록해." 지리학자가 말했다.

─Sed estingitaj vulkanoj povas vekiĝi, interrompis la eta princo. Kion signifas 'efemera'?

"그러나 불 꺼진 화산도 되살아날 수 있어요. '일시적'이 무슨 뜻인가요?" 어린 왕자가 말을 가로막았다.

—Ĉu vulkanoj estas estingitaj aŭ aktivaj, estas same koncerne nin, diris la geografo. Kio gravas por ni, estas la monto. Ĝi ne ŝanĝiĝas.

"화산에 불이 꺼져있건 타고 있건 우리한테는 마찬가지야, 우리에게 중요한 것은 산이야. 그것들은 바뀌지 않아." 지리학자가 말했다.

—Sed, kion signifas 'efemera'? denove demandis la eta princo, kiu neniam en sia vivo rezignis pri jam metita demando.

"하지만 '일시적'이 무슨 뜻인가요?" 인생에서 한번 한 질문은 절대 포기하지 않는 어린 왕자가 다시 물었다.

—Tio signifas 'minacata[35] de baldaŭa

---

35) 절박한 위험, 위협

forpaso.'

"그것은 '잠시 뒤 없어진다는 절박한 위험'을
의미하지."

—Ĉu mia floro estas minacata de
baldaŭa forpaso?

"내 꽃이 잠시 뒤 없어진다는 절박한 위험이
있다고요?"

—Tutcerte.
"확실해!"

"Mia floro estas efemera, diris al si la
eta princo, kaj ĝi havas nur kvar
dornojn por sin defendi kontraŭ la
mondo! Kaj mi lasis ĝin tute sola!"

"내 꽃은 일시적이다. 세상을 대항하여 방어할
오직 4개의 가시만을 가지고 있어. 그런데 내
가 완전히 홀로 내버려 두었구나." 어린 왕자
가 속으로 중얼거렸다.

―Tiam li unuafoje eksentas bedaŭron. Sed li rekuraĝiĝis.

그래서 처음으로 후회하기 시작했다. 그러나 다시 용기를 냈다.

―Kion vi konsilas, ke mi vizitu? li demandis.

"제가 어디를 가보는 게 좋을까요?" 어린 왕자가 물었다.

―La planedon Tero, respondis la geografo. Ĝi havas bonan reputacion…

"지구라는 별로. 평판이 좋거든." 지리학자가 대답했다.

Kaj la eta princo foriris, meditante pri sia floro.

그래서 어린 왕자는 꽃에 대해 깊이 생각하면서 길을 떠났다.

《XVI》

La sepa planedo estis do la Tero.
일곱 번째 별이 바로 지구였다.

La Tero ne estas ajna planedo! Oni nombras sur ĝi cent dek unu reĝojn (sen forgesi la negrajn[36], kompreneble), sep mil geografojn, naŭcent mil negocistojn, sep milionojn kvincent mil ebriulojn, tricent dek unu milionojn da malmodestuloj, sume ĉirkaŭ du miliardojn da granduloj.

지구는 그저 단순한 별은 아니다. 그곳에는 111명의 왕(물론 흑인을 포함해서), 7천 명의 지리학자, 90만 명의 장사꾼, 750만 명의 술꾼, 3억천백만 명의 허영쟁이, 합쳐서 약 20억 명의 어른들이 살고 있다.

Por doni al vi ideon pri la dimensioj de la Tero, mi diros al vi, ke, antaŭ ol oni inventis elektron, estis necese vivteni

---

36) negro 흑인(黑人), 검둥이

sur ĉiuj ses kontinentoj veran armeon[37) el kvarcent sesdek du mil kvincent dek unu lanternistoj.

지구의 크기에 대한 생각을 주기 위해 내가 말하겠는데 전기를 발명하기 전에 모든 6대륙 에서 462,511명의 가로등지기라는 진짜 무리 를 유지하는 것이 필요했다.

De malproksime tio faris belegan efekton. La movoj de tiu armeo estis regulaj kiel tiuj de operbaleto. Unue venis la vico de la lanternistoj en Nov-Zelando kaj Aŭstralio. Poste, lumiginte siajn lanternojn, ili iris dormi. Tiam la lanternistoj de Ĉinio kaj Siberio siavice ekpartoprenis en la danco. Kaj ankaŭ ili malaperis en la kulisojn[38). Tiam venis la vico de la lanternistoj en Rusio kaj Hindio. Kaj la vico de tiuj en Afriko kaj Eŭropo. Kaj de tiuj en Nord-Ameriko. Kaj ili neniam eraris pri

---

37) 군대, 무리, 대중
38) 측막, 배경, 막 뒤

siaj vicoj por eniri sur la scenejon. Estis grandioze.

멀리서 보면 정말 아름다운 효과를 나타낸다. 이 무리의 움직임은 오페라 발레의 움직임처럼 규칙적이다. 첫 번째 열에 뉴질랜드와 오스트레일리아의 가로등지기가 나온다. 뒤에 가로등을 켜고 잠자러 들어간다. 그러면 중국과 시베리아의 가로등지기가 자기 차례에 맞추어 발레에 참여한다. 그리고 그들도 무대 뒤로 사라진다. 그때 러시아와 인도의 가로등지기 무리가 열을 지어 나온다. 그리고 아프리카와 유럽의 차례가 된다. 그리고 북아메리카의 순서다. 그리고 그들은 결코 무대에 나오는 차례를 실수하지 않는다. 장엄하다.

Nur la lanternisto de la unusola lanterno ĉe la Norda Poluso kaj lia kolego ĉe la Suda Poluso vivadis nenifare[39] kaj senzorge: ili laboris dufoje ĉiujare.

오직 북극과 동료인 남극에서만 오직 한 개의

---

39) neniofarado 일 없음, 무위(無爲)

등불을 오직 한 명의 가로등지기가 편안하게
그리고 한가하게 산다. 그들은 매년 두 차례
일할 뿐이다.

《XVII》

Kiam oni volas spriti[40], oni foje iom mensogas. Mi ne estis tre honesta, parolante al vi pri la lanternistoj. Mi riskas doni malĝustan ideon pri nia planedo al tiuj, kiuj ne konas ĝin. La homoj okupas tre malmulte da spaco sur la Tero. Se la du miliardoj da homoj, kiuj loĝas sur la Tero, starus iom dense kiel por amaskunveno, entenus ilin facile publika placo longa kaj larĝa dudek mejlojn. Oni povus amasigi la tutan homaron sur la plej malgranda pacifika insuleto.

영리한 채 하려다 보면 다소 조금은 거짓말을 한다. 가로등지기에 대해 말하면서 아주 정직하지는 못했다. 우리 별을 알지 못하는 사람들에게 자칫하면 올바르지 못한 생각을 주는 위험을 무릅쓴다. 사람들은 지구에서 아주 작은 공간을 차지한다. 지구에서 사는 20억 명의 사람들이 모임을 위해 조금 빽빽하게 선다면

---

40) 영리한. 재치있는

가로세로 각각 20마일 정도의 공공장소에 쉽게 넣을 수 있다. 가장 작은 태평양의 섬에 전 인류를 모을 수도 있다.

Kompreneble, la granduloj ne kredos vin. Ili kredas, ke ili okupas multe da spaco. Ili vidas sin gravaj kiel baobaboj. Vi do konsilos al ili fari tiun kalkulon. Ili amegas ciferojn: tio plaĉos al ili. Sed vi ne perdu vian tempon, entreprenante tian tedaĵon. Estas senutile. Vi fidas min.

물론 어른들은 네 말을 믿지 못할 것이다. 그들은 대단히 많은 공간을 차지한다고 믿는다. 자신을 바오바브나무처럼 중요하다고 본다. 그들에게 계산해 보라고 일러 주어야 한다. 어른들은 숫자를 너무나 사랑한다. 숫자가 마음에 들 것이다. 하지만 너는 그런 지루한 일을 하면서 시간을 낭비하지 마라. 필요 없다. 너는 내 말을 믿는다.

Do, la eta princo, alveninte sur la Teron, miris, vidante neniun. Li jam

ektimis, ke li eraris pri la planedo, kiam
lunkolora ringo ekmoviĝetis sur la sablo.

그래서 어린 왕자는 지구에 도착해서 아무도
볼 수 없어 놀랐다. 모래 위에서 달빛 고리가
움직이기 시작하는 것을 볼 때 별을 잘못 찾
아온 게 아닌가 하고 벌써 두렵기 시작했다.

―Bonan nokton! trafe-maltrafe[41] diris la
eta princo.

"안녕!" 되는대로 어린 왕자가 말했다.

―Bonan nokton! diris la serpento.
"안녕!" 뱀이 말했다.

―Sur kiun planedon mi falis? demandis
la eta princo.

"내가 떨어진 곳이 무슨 별이니?" 어린 왕자
가 물었다.

―Sur la Teron, en Afriko, respondis la

---

41) trafe(aŭ) maltrafe 되는 대로, 엉터리로, 요행수로.

serpento.

"지구 위, 아프리카야." 뱀이 대답했다.

─Ha!⋯ Ĉu do estas neniu sur la Tero?
"아, 그럼 지구 위에는 아무도 없니?"

─Ĉi tie estas dezerto. Neniu troviĝas en
dezertoj. La Tero estas granda, diris la
serpento.

"여기는 사막이야. 사막에는 아무도 없어. 지
구는 크거든." 뱀이 말했다.

La eta princo sidiĝis sur ŝtonon kaj
levis siajn okulojn al la ĉielo.

어린 왕자는 돌 위에 앉아서 하늘을 향해 눈
을 들었다.

─Mi demandas min, li diris, ĉu la steloj
brilas, por ke ĉiu povu iam retrovi la
sian. Rigardu mian planedon! Ĝi estas
ĝuste super ni⋯ Sed kiel malproksime ĝi

estas!

"모든 사람이 언젠가 자신의 별을 찾아낼 수 있도록 별들이 빛나는지 나는 궁금해! 나의 별을 쳐다보아라. 바로 우리 위에 있어. 하지만 얼마나 먼 곳인지!" 어린 왕자가 말했다.

—Ĝi estas bela, diris la serpento. Kial vi venis ĉi tien?

"아름답구나. 왜 여기에 왔니?" 뱀이 말했다.

—Mi havas malfacilaĵojn kun iu floro, diris la eta princo.

"나는 어떤 꽃과 어려움이 생겼어." 어린 왕자가 말했다.

—Nu, diris la serpento.
"아!" 뱀이 말했다.

Kaj ili silentis.
그리고 둘은 조용했다.

Fine la eta princo reparolis:
—Kie estas la homoj? Oni estas iom soleca en la dezerto…

마침내 어린 왕자가 "사람은 어디 있지? 사막에서는 조금 외로워." 하고 다시 말했다.

—Oni estas soleca ankaŭ inter la homoj, diris la serpento.

"사람 사이에서도 마찬가지로 우리는 외로워." 뱀이 말했다.

La eta princo longe rigardis ĝin.
어린 왕자는 오래도록 그것을 바라보았다.

—Vi estas stranga besto, maldika kiel fingro… li fine diris.

"너는 이상한 동물이구나. 손가락처럼 가늘어." 어린 왕자가 마침내 말했다.

—Sed mi estas pli potenca, ol fingro de reĝo, diris la serpento.

"하지만 나는 왕의 손가락보다 더 힘이 세."
뱀이 말했다.

La eta princo ekridetis.
어린 왕자는 조그맣게 웃기 시작했다.

—Vi ne estas tre potenca··· vi eĉ ne
havas krurojn[42]··· vi eĉ ne povas vojaĝ
i···

"너는 그렇게 힘이 세지는 않아. 너는 다리조
차 없잖아. 너는 여행할 수조차 없어."

—Mi povas konduki vin pli
malproksimen, ol ŝipo, diris la serpento.

"나는 배보다 더 멀리 너를 데려다줄 수 있
어." 뱀이 말했다.

Ĝi volviĝis ĉirkaŭ maleolo[43] de la eta
princo, kiel ora braceleto.[44]

---

42) 다리, 정강이
43) 발목
44) 팔찌, 발찌

그것은 어린 왕자의 발목 둘레를 황금 발찌처럼 빙빙 감았다.

—Kiun mi tuŝas, tiun mi redonas al la tero, el kiu li eliris, ĝi aldonis. Sed vi estas pura kaj venas de stelo…

"내가 건드린 것은 자신이 나온 흙으로 되돌아가게 돼. 하지만 너는 순진하고 별에서 왔구나." 그것은 덧붙였다.

La eta princo nenion respondis.
어린 왕자는 아무런 대답도 하지 않았다.

—Mi kompatas vin, tiel malfortan sur ĉi tiu granita[45] Tero. Mi povas iam helpi vin, se vi tro nostalgios pri via planedo. Mi povas…

"이 화강함으로 된 지구 위에서 그렇게 약한 네가 가여워. 네가 너의 별에 대한 생각이 간절해지면 언젠가 내가 너를 도울 수 있어. 나는."

---

45) 화강암의, 완고한

─Ho! Mi bonege komprenis, diris la eta princo, sed kial vi ĉiam esprimiĝas per enigmoj[46]?

"그래, 잘 알았어. 그러나 너는 왜 항상 수수께끼 같은 말만 하니?" 어린 왕자가 말했다.

─Mi solvas ilin ĉiujn, diris la serpento.
"나는 그것들을 모두 풀거든." 뱀이 말했다.

Kaj ili eksilentis.
그리고 둘은 조용해졌다.

《XVIII》

La eta princo trairis la dezerton kaj renkontis nur unu floron. Floron kun tri petaloj, tute sensignifan⋯

어린 왕자는 사막을 가로질러 가서, 오직 꽃 한 송이를 만났다. 전혀 볼품이라고는 없는 3 개의 꽃잎을 가진 꽃을.

—Bonan tagon!, diris la eta princo.
"안녕!" 어린 왕자가 말했다.

—Bonan tagon! diris la floro.
"안녕!" 꽃이 말했다.

—Kie estas la homoj? ĝentile demandis la eta princo.

"사람은 어디 있니?" 공손하게 어린 왕자가 물었다.

La floro iam vidis pasi karavanon[47].

---

47) (사막의) 대상(隊商), 여상(旅商), 한떼의 여인(旅人)

꽃은 언젠가 상인 무리가 지나는 것을 보았다.

―La homoj? Ekzistas da ili ses aŭ sep, mi kredas. Mi ekvidis ilin antaŭ jaroj. Sed oni neniam scias, kie trovi ilin. La vento puŝas ilin. Mankas al ili radikoj; tio multe ĝenas ilin.

"사람? 6명이나 7명의 사람이 있었다고 믿어. 나는 몇 년 전에 처음 봤거든. 그러나 어디서 그들을 찾을 수 있는지 아무도 몰라. 바람 따라 다니거든. 그들은 뿌리가 없어. 그것이 그들을 아주 힘들게 하지."

―Adiaŭ! diris la eta princo.
"안녕!" 어린 왕자가 말했다.

―Adiaŭ! diris la floro.
"안녕!" 꽃이 말했다.

《XIX》

La eta princo suprengrimpis sur alta monto. La solaj montoj, kiujn li iam konis, estis la tri vulkanoj, kies supro atingas la altecon de liaj genuoj. Kaj li uzis la estingitan vulkanon kiel tabureton[48].

어린 왕자는 높은 산으로 기어서 올라갔다. 이미 알고 있는 유일한 산은 3개의 화산이 있고 꼭대기가 자기 무릎 높이만 했다. 그리고 어린 왕자는 불이 꺼진 화산을 등없는 걸상처럼 사용했다.

"Supre, sur monto alta kiel tiu ĉi, li do pensis, mi per unu sola rigardo ekvidos la tutan planedon kaj ĉiujn homojn…"

"위에서, 이처럼 높은 산 위에서 나는 한눈에 별의 모든 것과 모든 사람을 쳐다볼 거야!" 하고 어린 왕자는 생각했다.

---

48) 등없는 걸상

Sed li ekvidis nenion krom tre akraj rokpintoj.

그러나 아주 뾰족한 바위 꼭대기들을 제외하고는 아무것도 보지 못했다.

—Bonan tagon! li diris trafe-maltrafe.
"안녕!" 어린 왕자는 되는대로 말했다.

—Bonan tagon!⋯ Bonan tagon!⋯ Bonan tagon!⋯ respondis la eĥo.

"안녕! 안녕! 안녕!" 메아리가 대답했다.

—Kiu vi estas? diris la eta princo.
"너는 누구니?" 어린 왕자가 말했다.

—Kiu vi estas?⋯ Kiu vi estas?⋯ Kiu vi estas?⋯respondis la eĥo.

"너는 누구니? 너는 누구니? 너는 누구니?" 메아리가 대답했다.

—Estu miaj amikoj, li diris, mi estas

sola.

"내 친구가 되어 줘, 나는 외로워." 어린 왕자
가 말했다.

－Mi estas sola… mi estas sola… mi
estas sola…respondis la eĥo.

"나는 외로워. 나는 외로워. 나는 외로워." 메
아리가 대답했다.

"Kia stranga planedo! li tiam pensis. Ĝi
estas tute seka, kaj tute pinta kaj tute
sala. Kaj la homoj ne havas fantazion.
Ili ripetas, kion oni diras al ili… Hejme
mi havis floron; ĝi parolis ĉiam la unu
a…"

"참으로 이상한 별이구나! 아주 메마르고 아주
날카롭고 아주 짜구나. 사람들은 환상이 없어.
남이 한 말만 되풀이해. 집에서 나는 꽃을 가
지고 있었어. 그것은 항상 먼저 말을 걸었어."
그때 어린 왕자는 생각했다.

《XX》

Sed okazis, ke la eta princo, longe paŝinte sur sablo, rokoj kaj neĝo, fine malkovris vojon. Kaj ĉiuj vojoj kondukas al homoj.

그러나 모래, 바위, 눈 위를 오랫동안 걷다가 마침내 어린 왕자가 길을 찾아냈다. 그리고 모든 길은 사람에게 이끈다.

—Bonan tagon! li diris.
"안녕!" 어린 왕자가 말했다.

Estis tie ĝardeno plena de rozoj.
거기에 장미로 가득 찬 정원이 있었다.

—Bonan tagon! diris la rozoj.
"안녕!" 장미들이 말했다.

La eta princo rigardi ilin. Ili ĉiuj similis al lia floro.

어린 왕자는 그것들을 쳐다보았다. 그것들 모

두 어린 왕자의 꽃을 닮았다.

─Kiuj vi estas? li demandis miregante.
"너희들은 누구니?" 어린 왕자는 깜짝 놀라서
물었다.

─Ni estas rozoj, diris la rozoj.
"우리는 장미야." 장미가 말했다.

─Ha! diris la eta princo⋯
"정말?" 어린 왕자가 말했다.

Kaj li sentis sin tre malfeliĉa. Lia floro
rakontis al li, ke en la universo ĝi estas
sola en sia specio. Kaj jen estis kvin mil
kiel ĝi, tute samaj, en unu sola ĝardeno!

그리고 매우 슬픔에 사로잡혔다. 어린 왕자의
꽃은 우주에서 이런 종류로 오직 유일하다고
이야기했다. 그런데 여기 하나의 정원에만 완
전히 같은 것이 5천 송이나 있었다.

"Ĝi ja ofendiĝus, li diris al si, se ĝi
vidus ĉi tion⋯ ĝi treege tusus kaj

ŝajnigus sin mortanta, por eviti ridindon. Kaj mi ja devus ŝajnigi, ke mi flegas ĝin, ĉar alie ĝi vere lasus sin morti, por humiligi ankaŭ min…"

어린 왕자는 혼잣말했다. "그 꽃이 이곳을 본 다면 상처받겠지. 지독스럽게 기침을 하면서 창피스러운 모습을 피하려고 죽은 체 할 텐데. 그러면 나는 그것을 돌보는 척하지 않을 수 없어, 왜냐하면 그렇게 하지 않으면 꽃은 정말 죽을지도 모르니까. 또한, 오직 나에게 죄책감 을 느끼게 하려고."

Poste li aldone diris al si: "Mi kredis min riĉa je unika floro, sed mi posedas nur ordinaran rozon. Ĝi kaj miaj tri vulkanoj, kiuj atingas la altecon de miaj genuoj, kaj el kiuj unu estas eble por ĉiam estingita, ja ne faras min tre grandioza princo…"

나중에 어린 왕자는 덧붙여 혼잣말했다. "나는 유일한 꽃을 가지고 있다고 믿었지만, 오직 보 통 장미를 가지고 있었어. 꽃과 꼭대기가 내

무릎 높이밖에 안 되는 세 개의 화산, 그중
하나는 아마 항상 꺼져있는, 그것이 정말 나를
위대한 왕자로 만들지 못해."

Kaj, kuŝante sur herbejo, li ploris.
그리고 풀밭 위에 엎드러져 울었다.

《XXI》

En tiu momento aperis la vulpo.
이 순간 여우가 나타났다.

─Bonan tagon! diris la vulpo.
"안녕!" 여우가 말했다.

─Bonan tagon! ĝentile respondis la eta princo. Li turniĝis, sed nenion vidis.

"안녕!" 공손하게 어린 왕자가 대답했다. 몸을 돌려 보았지만, 아무것도 보지 못했다.

─Mi estas tie ĉi sub la pomarbo…diris la voĉo.

"나는 여기 사과나무 아래 있어." 그 목소리가 말했다.

─Kiu vi estas? diris la eta princo. Vi estas ja beleta…

"너는 누구니? 너는 참 예쁘구나." 어린 왕자

가 말했다.

—Mi estas vulpo, diris la vulpo.
"나는 여우야." 여우가 말했다.

—Venu ludi kun mi, proponis al ĝi la
eta princo. Mi estas tiom malĝoja…

"이리 와서 나하고 놀자. 나는 정말 슬퍼." 어
린 왕자가 말을 걸었다.

—Mi ne povas ludi kun vi, diris la
vulpo. Mi ne estas malsovaĝigita.

"나는 너랑 놀 수 없어. 나는 길들지 않았어."
여우가 말했다.

—Ha, pardonu, diris la eta princo.
"아! 무어라고" 어린 왕자가 말했다.

Sed post pripenso li aldonis:
—Kion signifas 'malsovaĝigi'?

그러나 조금 생각한 뒤 "'길들인다'는 것이 무

엇을 뜻하니?" 하고 덧붙였다.

—Vi ne estas el ĉi tie, diris la vulpo.
Kion vi serĉas?

"너는 여기서 살지 않구나. 너는 무엇을 찾
니?" 여우가 말했다.

—Mi serĉas homojn, diris la eta princo.
Kion signifas 'malsovaĝigi'?

"나는 사람을 찾아. '길들인다'는 것이 무엇을
뜻하니?" 어린 왕자가 말했다.

—La homoj, diris la vulpo, havas
pafilojn kaj ĉasas. Kia ĝenaĵo! Ili ankaŭ
bredas kokinojn. Tio estas ilia sola
intereso. Ĉu vi serĉas kokinojn?

"사람들은 총을 가지고 사냥을 해. 얼마나 성
가시니! 그들은 암탉을 길러. 그것이 유일한
관심사지. 너는 암탉을 찾니?" 여우가 말했다,

—Ne, diris la eta princo. Mi serĉas

amikojn. Kion signifas 'malsovaĝigi'?

"아니. 나는 친구를 찾아, '길들인다'는 것이 무엇을 뜻하니?" 어린 왕자가 말했다.

―Tio estas tro forgesata afero, diris la vulpo. Tio signifas 'krei rilatojn'…

"그것은 아주 잊힌 일이야. 그것은 '관계를 만든다'라는 것을 뜻해." 여우가 말했다.

―Krei rilatojn?
"관계를 만든다고?"

―Kompreneble, diris la vulpo. Vi ankoraŭ estas por mi nur knabeto tute simila al cent mil knabetoj. Kaj mi ne bezonas vin. Kaj ankaŭ vi ne bezonas min. Mi estas por vi nur vulpo simila al cent mil vulpoj. Sed, se vi malsovaĝigos min, ni bezonos nin reciproke. Vi estos por mi unika en la mondo. Mi estos por vi unika en la mondo…

"물론, 너는 아직 내게 수십 만 명의 어린 남자아이들과 완전히 닮은 오직 어린아이에 불과해. 그리고 나는 네가 필요하지 않아. 그리고 너 역시 나를 필요하지 않아. 나는 아직 너에게 수십 만 마리의 여우들과 같은 오직 여우에 불과해. 하지만 네가 나를 길들이면 우리는 서로를 필요로 해. 너는 세상에서 내게 유일할 거야. 나도 세상에서 너에게 유일할 거야." 여우가 말했다.

—Mi ekkomprenas, diris la eta princo. Mi konas floron… mi kredas, ke ĝi malsovaĝigis min…

"이제 알겠어. 나는 어떤 꽃을 알고 있어. 나는 그것이 나를 길들였다고 믿어." 어린 왕자가 말했다.

—Kredeble, diris la vulpo. Oni vidas sur la Tero ĉiajn aferojn…

"믿을 수 있어. 우리는 지구 위에서 온갖 일들을 봐." 여우가 말했다.

—Ho, tio ne estas sur la Tero, diris la eta princo.

"오! 그것은 지구 위에서가 아니야." 어린 왕자가 말했다.

La vulpo ŝajnis tre scivola.
여우는 매우 호기심이 찬 듯 보였다.

—Ĉu sur alia planedo?
"다른 별에서?"

—Jes.
"응."

—Ĉu estas ĉasistoj sur tiu planedo?
"그 별에는 사냥꾼이 있니?"

—Ne.
"아니."

—Jen interesa afero! Kaj ĉu estas kokinoj?

"재미있구나. 그러면 암탉은 있니?"

ㅡNe.
"아니."

ㅡNenio estas perfekta, suspiris la vulpo.
"완전한 것은 아무것도 없어." 여우가 한숨을
쉬었다.

Sed la vulpo revenis al sia ideo.
그러나 자기 생각으로 돌아갔다.

ㅡMia vivo estas monotona. Mi ĉasas la
kokinojn, kaj la homoj ĉasas min. Ĉiuj
kokinoj similas unuj al aliaj, kaj ĉiuj
homoj ankaŭ. Do mi iom enuas. Sed, se
vi malsovaĝigos min, mia vivo estos
kvazaŭ suna. Mi konos paŝbruon, kiun
mi distingos de ĉiuj aliaj. La aliaj paŝoj
forpelas min en la grundon[49]. La viaj,
kiel muziko, elvokos min el mia
ternesto. Kaj rigardu! Ĉu vi vidas la
tritikajn kampojn tie? Mi ne manĝas

---

49) 땅, 흙, 기초, 바탕

panon. Tritiko estas por mi senutila. Tritikaj kampoj memorigas min pri nenio. Kaj tio estas malgaja! Sed vi havas orajn harojn. Estos do mirinde, post kiam vi malsovaĝigos min! Ora tritiko memorigos min pri vi. Kaj mi amos la susuron de vento en tritiko…

"나의 삶은 단조로워. 나는 암탉을 사냥하고 사람들은 나를 사냥하지. 모든 암탉은 서로 닮았어. 그리고 사람들도 역시. 그래서 나는 조금 지루해. 그러나 네가 나를 길들인다면 나의 삶은 해처럼 빛날 거야. 나는 다른 모든 사람과 구별된 발소리를 알게 될 거야. 다른 발걸음은 나를 땅속으로 쫓아내. 너의 발걸음은 나를 음악처럼 굴 밖으로 나오게 해. 그리고 바라봐. 저기 밀밭이 보이지? 나는 빵을 먹지 않아. 밀은 내게 아무 쓸모 없어. 밀밭은 내게 아무것도 생각나게 하지 않아. 그래서 슬퍼. 그러나 너는 금빛 머리카락을 가지고 있어. 네가 나를 길들인 뒤에는 놀랄만한 일이 생겨. 금빛 밀이 내게 너를 기억나게 해. 그리고 나는 밀밭에서 부는 바람 소리를 사랑할 거야."

La vulpo eksilentis kaj longe rigardis la etan princon.

여우는 조용해지더니 오랫동안 어린 왕자를 바라보았다.

─Mi petas… malsovaĝigu min! ĝi diris.
"제발 나를 길들여줘." 여우가 말했다.

─Volonte, respondis la eta princo, sed mi ne havas multe da tempo. Mi devas trovi amikojn kaj ekkoni multajn aferojn.

"기꺼이. 그러나 나는 시간이 많지 않아. 나는 친구를 찾아야 하고 알아볼 일도 많거든." 어린 왕자가 대답했다.

─Oni konas nur tion, kion oni malsovaĝigas, diris la vulpo. La homoj ne plu havas tempon por ion ajn koni. Ili aĉetas tute pretajn objektojn ĉe vendistoj. Sed, ĉar amikvendistoj ne ekzistas, homoj ne plu havas amikojn. Se vi volas amikon, malsovaĝigu min!

"우리는 우리가 길들인 것만 알아. 사람들은 아무것도 알 시간이 없어. 그들은 가게에서 이미 만들어져 있는 물건들을 사. 그러나 친구를 파는 가게는 없으므로 사람들은 더는 친구가 없어. 친구를 원한다면 나를 길들여줘." 여우가 말했다.

—Kion necesas fari? demandis la eta princo.

"무엇을 하는 것이 필요해?" 어린 왕자가 물었다.

—Necesas esti tre pacienca, respondis la vulpo. Unue vi sidiĝu iom malproksime de mi, tiele, sur la herbo. Mi rigardos vin oblikve[50], kaj vi nenion diros. La lingvo estas fonto de miskomprenoj. Sed ĉiutage vi povos sidiĝi iomete pli proksime…

"매우 참을성이 필요해, 우선 너는 내게서 조금 멀리 떨어져 그렇게 풀밭 위에 앉아. 나는

---

50) 비스듬하게, 경사져

너를 비스듬히 바라볼게, 그러나 너는 아무 말
도 하지 마. 말은 오해의 샘이거든. 그러나 날
마다 조금씩 더 가까이 다가앉을 수 있어." 여
우가 대답했다.

La morgaŭan tagon la eta princo
revenis.

다음 날 어린 왕자는 다시 왔다.

―Prefere vi revenu ĉiam je la sama
horo, diris la vulpo. Se ekzemple vi
venos je la kvara posttagmeze, mi
komencos esti feliĉa ekde la tria. Ju pli
antaŭen pasos la tempo, des pli feliĉa
mi sentos min. Je la kvara, mi jam
komencos moviĝadi kaj maltrankvili; mi
malkovros la valoron de feliĉo! Sed, se
vi venos iam ajn, mi neniam scios, je
kioma horo vesti mian koron… Ritoj
necesas.

"항상 같은 시간에 오는 것이 더 좋아. 예를
들면 네가 오후 4시에 온다면 나는 3시부터

행복해지기 시작할 거야. 시간이 앞으로 다가 올수록 더 행복을 느낄 거야. 4시에 이미 떨리면서 흥분할 거야. 행복의 가치를 알게 되지. 그러나 네가 아무 때나 온다면 나는 행복해지려는 나의 마음을 언제 준비할지 결코 알지 못해. 습관적 행위가 필요해." 여우가 말했다.

─Kio estas rito? diris la eta princo.
"습관적 행위가 뭐야?" 어린 왕자가 말했다.

─Ankaŭ tio estas tro forgesata afero, diris la vulpo. Ĝi estas tio, kio distingas unu tagon de la aliaj, kaj unu horon de la aliaj. Miaj ĉasistoj, ekzemple, respektas riton. Ĉiun ĵaŭdon ili dancas kun la knabinoj de la vilaĝo. Tial ĵaŭdo estas mirinda tago! Mi iras promeni ĝis la vitejo[51]. Se la ĉasistoj dancus iam ajn, la tagoj estus ĉiuj similaj, kaj mi neniel havus feriojn.

"그것도 역시 너무 잊혀버린 일이야. 그것은

---

51) vit 포도나무, 포도넝쿨

하루를 다른 날과 구분하는 것이야. 내 사냥꾼도 습관적 행위를 존중해. 목요일마다 그는 마을에서 아가씨들과 춤을 춰. 그래서 목요일은 놀라운 날이야. 나는 포도나무밭까지 산책하러 가지. 사냥꾼이 아무 때나 춤춘다면 하루는 모두 똑같겠지. 그리고 나는 결코 휴식을 가질 수 없어." 여우가 말했다.

Tiel do la eta princo malsovaĝigis la vulpon. Kaj, kiam alproksimiĝis la horo de la foriro.

그래서 어린 왕자는 여우를 길들였다. 그러나 떠날 시간이 가까워졌다.

—Ho! diris la vulpo…Mi ploros.
"아! 나는 울 거야." 여우가 말했다.

—Estas via kulpo, diris la eta princo. Mi ne deziris por vi malbonon, sed vi volis, ke mi malsovaĝigu vin…

"네 잘못이야. 너를 괴롭힐 생각은 전혀 없었어. 그러나 너는 내가 너를 길들여주기를 원했잖아." 어린 왕자가 말했다.

─Certe, diris la vulpo.
"맞아." 여우가 말했다.

─Sed vi ploros! diris la eta princo.
"하지만 너는 울 거야!" 어린 왕자가 말했다.

─Certe, diris la vulpo.
"맞아." 여우가 말했다.

─Do, vi gajnas nenion!
"그럼 너는 아무것도 얻은 게 없어."

─Mi gajnas ion, diris la vulpo, pro la koloro de tritiko.

"나는 무언가를 얻었어. 밀의 색깔 때문에." 여우가 말했다.

Kaj ĝi aldonis:
─Iru revidi la rozojn! Vi komprenos, ke la via estas unika en la mondo. Revenu por min adiaŭi, kaj mi donacos al vi

- 184 -

sekreton.

그리고 "다시 장미들을 보러 가. 네 장미가 세
상에서 유일하다고 알게 될 거야. 다시 와서
작별인사해. 그러면 네게 하나의 비밀을 선물
할게." 하고 덧붙였다.

La eta princo iris revidi la rozojn.
어린 왕자가 장미들을 다시 보러 갔다.

─Vi tute ne similas mian rozon, vi
ankaŭ estas nenio, li diris al ili. Neniu
vin malsovaĝigis, kaj vi neniun
malsovaĝigis. Vi estas kiel estis mia
vulpo. Ĝi estis nur vulpo simila al cent
mil aliaj. Sed ĝi fariĝis mia amiko, kaj ĝi
nun estas unika en la mondo.

"너희들은 내 장미와 절대 같지 않아. 너희들
은 아무것도 아냐. 아무도 너희들을 길들이지
않았어. 그리고 너희도 누구를 길들이지 않았
어. 너희들은 예전의 여우와 같아. 십만 마리
의 여우와 닮은 여우에 불과했어. 그러나 나의
친구가 되자 그것은 지금 세상에서 유일해졌

어." 어린 왕자가 그들에게 말했다.

Kaj la rozoj tre ĝeniĝis[52].
장미들은 아주 당황했다.

—Vi estas belaj sed malplenaj, li daŭrigis. Oni ne povas morti por vi. Kompreneble, ordinara pasanto kredus, ke mia propra rozo similas vin. Sed ĝi sola pli gravas, ol vi ĉiuj, ĉar ĝi estas tiu, kiun mi akvumis. Ĉar ĝi estas tiu, sur kiun mi metis kloŝon. Ĉar ĝi estas tiu, kiun mi ŝirmis per la ventŝirmilo. Ĉar ĝi estas tiu, kies raŭpojn mi mortigis (escepte de du aŭ tri, fariĝontaj papilioj). Ĉar ĝi estas tiu, kiun mi aŭskultadis, kiam ĝi plendadis aŭ fanfaronadis, aŭ eĉ, iafoje, kiam ĝi silentis. Ĉar ĝi estas mia rozo.

"너희들은 아름답지만, 텅 비어있어. 우리는 너희들을 위해 죽을 수 없어. 물론 보통의 행

---

52) ĝen-i <自·他> 번뇌하다, 고민하다, 괴롭히다, 불편을
느끼게 하다

인은 나의 유일한 장미도 너희들과 같다고 믿을 테지. 그러나 유일한 그것은 너희들 모두보다 중요해. 왜냐하면, 그것은 내가 물을 준 것이니까. 내가 유리 뚜껑을 덮어둔 것이니까. 내가 바람막이로 지켜준 것이니까. 내가 유충을 죽여준 것이니까(나비가 될 두세 마리는 제외하고) 불평하거나 자랑하거나 혹은 아무 말이 없을 때 내가 들어준 것이니까. 그것은 나의 장미니까." 어린 왕자가 이어서 말했다.

Kaj li revenis al la vulpo.
그리고 어린 왕자는 여우에게 돌아왔다.

—Adiaŭ! li diris…
"안녕!" 어린 왕자가 말했다.

—Adiaŭ! diris la vulpo. Jen mia sekreto. Ĝi estas tre simpla: oni bone vidas nur per sia koro. La esenco estas nevidebla per la okuloj.

"안녕! 여기 비밀이 있어. 그것은 매우 단순해. 사람은 오로지 마음으로만 잘 볼 수 있어. 본질은 눈에 보이지 않거든." 여우가 말했다.

─La esenco estas nevidebla per la okuloj, ripetis la eta princo por memori.

"본질은 눈에 보이지 않거든." 어린 왕자는 외우려고 되풀이했다.

─Kio faras vian rozon tiel grava, estas la tempo, kiun vi perdis por ĝi.

"너의 장미를 그렇게 소중하게 만든 것은 그것 때문에 소비한 시간이야."

─…estas la tempo, kiun mi perdis por ĝi, rediris la eta princo por memori.

"그것 때문에 소비한 시간이야." 어린 왕자는 외우려고 다시 말했다.

─La homoj forgesis ĉi tiun veraĵon, diris la vulpo. Sed vi ne forgesu ĝin. Vi fariĝas por ĉiam respondeca pri tio, kion vi malsovaĝigis. Vi estas respondeca pri via rozo…

"사람들은 이 진리를 잊었어. 그러나 너는 그 것을 잊지 마. 네가 길들인 것에 대해 언제까 지나 책임을 져야 해. 너는 네 장미를 책임져 야 해." 여우가 말했다.

—Mi estas respondeca pri mia rozo… ripetis la eta princo por memori.

"나는 내 장미를 책임져야 해." 어린 왕자는 외우려고 되풀이했다.

《XXII》

―Bonan tagon! diris la eta princo.
"안녕!" 어린 왕자가 말했다.

―Bonan tagon! diris la trakokomutisto.
"안녕!" 철도원이 말했다.

―Kion vi faras ĉi tie? demandis la eta princo.

"여기서 무엇 하세요?" 어린 왕자가 물었다.

―Mi apartigas vojaĝantojn po pakoj de mil unuoj, diris la komutisto. Mi ekspedas[53], jen dekstren, jen maldekstren, la trajnojn, kiuj forportas ilin.

"나는 1001명씩 여행객을 구분해. 나는 여행객들을 멀리 실어나르는 기차를, 오른쪽으로, 왼쪽으로, 보내고 있어." 철도원이 말했다.

---

53) 발송하다, 파견하다

Kaj lumanta rapidvagonaro, muĝanta kiel tondro, tremigis la budon[54] de la komutisto.

환하게 불을 켠 급행열차가 천둥 치는 소리를 내며 철도원의 오두막을 흔들었다.

―Al ili certe urĝas, diris la eta princo. Kion ili serĉas?

"저 사람들은 정말 급하네요. 그들은 무엇을 찾나요?" 어린 왕자가 말했다.

―Tion ne scias eĉ la lokomotivestro, respondis la komutisto.

"기차기관사조차도 그것을 알지 못해." 철도원이 대답했다.

Kaj en la inversa direkto muĝis dua lumanta rapidvagonaro.

그리고 반대쪽에서 불을 밝힌 두 번째 급행열

---

54) 오막집, 토막

차가 우렁찬 소리를 냈다.

—Ĉu ili jam revenas? demandis la eta princo…

"그들이 벌써 돌아오나요?" 어린 왕자가 물었다.

—Ili ne estas la samaj, diris la komutisto. Temas pri interŝanĝo.

"그들은 같지 않아. 서로 엇갈리고 있어." 철도원이 말했다.

—Ĉu ili ne estis kontentaj tie, kie ili estis?

"그들은 자기들이 있던 곳에서 만족하지 않지요?"

—Oni neniam estas kontenta tie, kie oni estas, diris la komutisto.

"자기가 있는 곳에서 만족하는 사람은 결코

하나도 없어." 철도원이 말했다.

Kaj muĝis la tondro de tria lumanta rapidvagonaro.

그리고 불을 환하게 밝힌 세 번째 급행열차가 천둥소리를 냈다.

—Ĉu ili postsekvas la unuajn vagonarojn? demandis la eta princo.

"그들은 첫 번째 기차를 뒤쫓고 있나요?" 어린 왕자가 물었다.

—Ili postsekvas nenion ajn, diris la komutisto. Ili tie dormas. aŭ oscedas. Nur la infanoj platigas siajn nazojn sur la fenestroj.

"그들은 아무것도 뒤쫓지 않아. 그들은 거기서 잠자거나 하품을 하지. 오직 어린이들만 유리창에 코를 박고 있지." 철도원이 말했다.

—Nur la infanoj scias, kion ili serĉas,

diris la eta princo. Ili perdas tempon por pupo el ĉifonoj, kaj ĝi fariĝas tre grava, kaj, se oni forprenas ĝin de ili, ili ploras…

"오직 어린이만 무엇을 찾는지 알아. 그들은 누더기 인형에 시간을 소비해. 그리고 그것이 매우 중요해지지. 누군가 그것을 뺏으면 울어." 어린 왕자가 말했다.

—Ili estas bonŝancaj, diris la komutisto. "아이들은 행복하군." 철도원이 말했다.

《XXIII》

−Bonan tagon! diris la eta princo.
"안녕하세요!" 어린 왕자가 말했다.

−Bonan tagon! diris la vendisto.
"안녕!" 상인이 말했다.

Li estis vendisto de perfektigitaj pilolo
j[55], kiuj kvietigas soifon. Oni glutas ilin
po unu ĉiusemajne, kaj oni ne plu
sentas la bezonon trinki.

상인은 갈증을 가라앉혀 주는 완벽한 알약을
팔고 있다. 일주일마다 하나 그것을 삼킨다.
그러면 물을 마실 필요를 전혀 느끼지 않는다.

−Kial vi vendas tiajn aĵojn? demandis la
eta princo.

"왜 그런 걸 파세요?" 어린 왕자가 물었다.

−Estas grava tempoŝparo, diris la

---

55) 환약, 알약

vendisto. La fakuloj faris kalkulojn. Oni ŝparas kvindek tri minutojn ĉiusemajne.

"중요한 시간 절약이야. 전문가가 계산했지. 매주 53분을 절약해." 상인이 말했다.

─Kaj kion oni faras per tiuj kvindek tri minutoj?

"그러면 그 53분으로 무엇을 하나요?"

─Oni faras per ili, kion oni volas…
"그것으로 원하는 것을 하지."

"Se mi havus kvindek tri minutojn por foruzi, diris al si la eta princo, mi paŝus tute malrapide al fonto…"

"내가 사용할 53분이 있다면 나는 아주 천천히 우물로 걸어갈 텐데." 어린 왕자가 속으로 중얼거렸다.

《XXIV》

Estis la oka tago ekde mia paneo en la
dezerto, kaj mi estis aŭskultinta la
rakonton pri la vendisto, trinkante la
lastan guton de mia akvoprovizo.

사막에서 비행기 사고가 난 지 8일째였다. 그
리고 내가 가지고 있던 물의 마지막 방울을
마시면서 상인에 관한 이야기를 듣고 있었다.

─Ho, mi diris al la eta princo, viaj
memoraĵoj estas ja beletaj, sed mi
ankoraŭ ne riparis mian aviadilon, mi
havas nenion pli por trinki, kaj ankaŭ
mi estus feliĉa, se mi povus paŝi tute
malrapide al fonto!

"아! 네 기억은 너무 아름답구나. 그러나 나는
아직 내 비행기를 고치지 못했어. 그리고 더
마실 물도 없어. 내가 아주 천천히 우물로 걸
어갈 수만 있다면 나도 행복할 텐데." 나는 어
린 왕자에게 말했다.

─Mia amiko la vulpo, li diris al mi…
"나의 친구 여우" 어린 왕자는 내게 말했다.

─Etulo mia, ne temas plu pri la vulpo!
"꼬마야, 더는 여우 이야기를 하지 마."

─Kial?
"왜요?"

─Ĉar ni baldaŭ mortos pro soifo…
"왜냐하면, 우리는 곧 목말라 죽을 테니까."

Li ne komprenis mian rezonadon kaj respondis al mi:
─Estas bone, ke oni havis amikon, eĉ se oni baldaŭ mortos. Mi estas tre kontenta, ke mi havis amikon vulpo…

어린 왕자는 내 생각을 이해하지 못하고 나에게 "사람들이 곧 죽는다고 할지라도 친구가 있다는 것은 좋아요. 나는 여우 친구를 가지고 있어서 매우 만족해요." 하고 대답했다.

"Li ne konscias pri la danĝero, mi

pensis. Li neniam malsatas nek iam
soifas. Iom da suno sufiĉas al li…"

"이 꼬마는 위험에 대해 모르는군. 결코, 배고
프거나 언젠가 목마르지도 않아. 약간의 햇빛
만으로도 충분해." 하고 나는 생각했다.

Sed li rigardis min kaj respondis al mia
penso:
—Ankaŭ mi soifas… ni serĉu puton…

그러나 어린 왕자는 나를 쳐다보면서 내 생각
에 "저도 목이 말라요. 우리 우물을 찾아요."
하고 대답했다.

Mi gestis lace: estas sensence serĉi
puton hazarde en dezerta vastego.

나는 피곤한 듯 '넓은 사막에서 우연히 우물을
찾는 것은 쓸데없어' 하는 몸짓을 했다.

Tamen ni ekiris.
그러나 우리는 출발했다.

Post plurhora silenta marŝado, noktiĝis, kaj steloj eklumis. Mi vidis ilin kvazaŭ en sonĝo, iom febrante[56] pro soifo. La vortoj de la eta princo dancis en mia memoro.

여러 시간 조용히 걸어간 뒤 밤이 내리고 별이 빛나기 시작했다. 갈증 때문에 조금 열이 나면서 꿈에서처럼 그것들을 보았다. 어린 왕자의 말이 내 기억 속에서 춤을 추었다.

—Ĉu do ankaŭ vi soifas? mi demandis lin.

"그럼 너도 목이 마르니?" 내가 어린 왕자에게 물었다.

Sed li ne respondis al mia demando. Li simple diris:
—Akvo povas esti bona ankaŭ por la koro…

그러나 내 질문에는 대답하지 않았다. 단순하

---

56) febri <自> 열이나다

게 "물은 역시 마음을 위하여도 좋을 수 있어
요." 하고 말했다.

Mi ne komprenis lian respondon, sed mi
silentis⋯Mi bone sciis, ke neniel utilus
demandi lin.

나는 어린 왕자의 대답을 이해하지 못했다. 그
러나 나는 조용했다. 질문이 결코 소용없음을
나는 너무도 잘 알고 있다.

Li estis laca. Li sidiĝis. Mi sidiĝis apud
li. Kaj post silento li daŭrigis:
―La steloj estas belaj pro iu floro, kiun
oni ne vidas⋯

어린 왕자는 피곤했다. 자리에 앉았다. 나도
그 옆에 앉았다. 잠시 침묵을 지킨 뒤 "별들은
사람들이 보지 못하는 어떤 꽃 때문에 아름다
워요." 하고 이어서 말했다.

―Certe, mi respondis, kaj sen paroli mi
rigardis la faldojn[57] de la sablo sub la

---

57) 주름을 내다. 접다

luno.

"맞아." 나는 대답했다. 그리고 말없이 달빛 아래 있는 주름진 모래 언덕을 처다보았다.

─La dezerto estas bela, li aldonis…
"사막은 아름다워요." 어린 왕자가 덧붙였다.

Kaj estis vere. Mi ĉiam amis dezertojn. Oni sidiĝas sur sablan dunon[58]. Oni vidas nenion. Oni nenion aŭdas. Kaj tamen io radias en silento…

그리고 진리였다. 나는 항상 사막을 사랑했다. 사람들은 모래 언덕 위에 앉는다. 아무것도 보지 못한다. 아무것도 듣지 못한다. 그러나 조용하지만 무언가 빛나는 것이 있다.

─Kio beligas la dezerton, diris la eta princo, estas, ke ĝi ie kaŝas puton…

"사막을 아름답게 하는 것은 어딘가에 우물이 숨겨져 있기 때문이에요." 하고 어린 왕자가

---

58) 바닷가의 모래언덕

말했다.

Mi miris subite kompreni tiun misteran radiadon de la sablo. Kiam mi estis knabeto, mi loĝis en antikva domo, kaj legendo rakontis, ke trezoro tie estas enfosita. Kompreneble, neniu kapablis ĝin iam malkovri, nek eble eĉ serĉis ĝin. Sed ĝi ensorĉis[59] la tutan domon. Mia domo kaŝis sekreton en la fundo de sia koro…

나는 모래의 그 신비스러운 빛을 문득 이해하면서 놀랐다. 내가 아주 어렸을 때 나는 낡은 집에서 살았다. 그리고 전설에 따르면 거기에 보물이 깊이 감추어졌다는 것이다. 물론 아무도 결코 그것을 밝혀낼 방법을 알지 못하고, 아마 찾으려고조차 하지 않았다. 그러나 그것이 온 집을 매력이 넘치게 했다. 내 집은 가슴 깊숙한 곳에 비밀을 숨기고 있다.

―Jes, mi diris al la eta princo, ĉu temas pri domo, ĉu pri steloj, ĉu pri dezerto,

---

59) sorĉi 마술을 걸다, 매혹시키다, 황홀하다

kio faras ilian belecon, estas nevidebla!

"맞아. 집이든, 별이든, 사막이든, 아름다움을 만든 것은 보이지 않는 것들이야." 나는 어린 왕자에게 말했다.

—Mi estas kontenta, ke vi samopinias kun mia vulpo, li diris.

"아저씨가 내 친구 여우와 같은 생각이라서 만족해요." 어린 왕자가 말했다.

Ĉar la eta princo endormiĝis, mi levis lin en miajn brakojn kaj denove ekiris. Mi estis emociata. Ŝajnis al mi, ke mi portas delikatan trezoron. Eĉ ŝajnis al mi, ke estas nenio pli fragila sur la Tero. Mi rigardis en la lunlumo tiun palan frunton, tiujn fermitajn okulojn, tiujn harbuklojn[60], kiuj tremetis en la vento, kaj mi diris al mi: "Tio, kion mi vidas, estas nur ŝelo. Kio plej gravas, estas nevidebla…"

---

60) bukli (머리를)지지다, 꼬부리다

어린 왕자가 잠이 들었으므로 내 팔에 안고서 다시 출발했다. 감동이 차올랐다. 내가 깨지기 쉬운 보물을 운반하는 것처럼 느껴졌다. 지구에서 더 깨지기 쉬운 것은 아무것도 없다고 보였다. 나는 달빛 속에서 창백한 이마, 감긴 눈, 바람에 흔들리는 곱슬머리 머리카락을 내려다보았다. 그리고 "내가 본 것은 껍데기에 불과해. 가장 중요한 것은 보이지 않아." 하고 혼잣말했다.

Ĉar liaj iomete malfermitaj lipoj montris komencon de duonrideto, mi ankaŭ diris al mi:
"Kio tiom kortuŝas min pri la dormanta princeto, estas lia fideleco al floro, kaj la bildo de rozo, kiu radias interne de li kiel flamo de lampo, eĉ kiam li dormas…"

반쯤 열린 입술이 빙그레 작게 웃어서 나는 또 "잠든 어린 왕자가 내 마음을 그렇게 감동을 주는 것은 꽃에 대한 충성, 비록 자고 있을지라도 등잔불처럼 마음속에서 빛을 내는 장미의 그림이다."라고 혼잣말했다.

Kaj mi sentis, ke li estas eĉ pli fragila. Oni ja devas ŝirmi lampojn: ventblovo povas ilin estingi···

정말 이 아이가 깨질 것처럼 더 연약하다고 느껴졌다. 바람이 불어 끌 수 있으니까 우리는 등잔불을 잘 지켜야 한다.

Kaj, tiel iranta, tagiĝe mi malkovris la puton.

그리고 그렇게 걸어가다가 동이 틀 무렵 나는 우물을 발견했다.

《XXV》

─Homoj, diris la eta princo, enŝtopas sin en rapidvagonarojn, sed ili ne plu scias, kion ili serĉas. Tiam ili agitiĝas[61] kaj rondiras⋯

"사람들은 급행열차 안으로 자신을 밀어넣어. 그러나 무엇을 찾는지 더 알지 못해. 그때 그들은 흥분하여 빙빙 돌기만 해." 어린 왕자가 말했다.

Kaj li aldonis:
─Estas senutile⋯

그리고 "쓸데없어." 하고 덧붙였다.

La puto, kiun ni atingis, ne similis al saharaj putoj. Saharaj putoj estas nuraj truoj fositaj en la sablo. Tiu ĉi similis al vilaĝa puto. Sed tie estis neniu vilaĝo, kaj mi havis la impreson, kvazaŭ mi sonĝas.

---

61) agiti 선동하다, 교란시키다

우리가 도착한 우물은 사하라 사막의 우물과 같지 않았다. 사하라 사막의 우물은 모래에 뚫어진 구멍밖에 없었다. 이 우물은 마을에 있는 우물을 닮았다. 그러나 거기에 마을이 없어서 나는 오직 꿈을 꾸고 있다고 생각했다.

—Estas strange, mi diris al la eta princo. ĉio estas preta: pulio, sitelo kaj ŝnuro…

"이상해. 모든 것, 도르래, 두레박, 줄이 갖춰져 있어." 나는 어린 왕자에게 말했다.

Li ridis, tuŝis la ŝnuron, iom provis la pulion. Kaj la pulio knaris,[62] kiel knaris malnova ventmontrilo, kiam la vento longe dormis.

어린 왕자는 웃으며 줄을 잡고 도르래를 움직였다. 도르래가 오랫동안 바람이 불지 않아 녹이 슨 풍차처럼 삐걱거렸다.

—Ĉu vi aŭdas? diris la eta princo. Ni

---

62) 삐걱거리는 소리를 내다

vekas tiun puton, kaj ĝi kantas···

"아저씨 들리나요? 우리는 방금 이 우물을 깨
웠어요. 그래서 우물이 노래해요." 어린 왕자
가 말했다.

Mi ne volis, ke li streĉiĝu.
나는 어린 왕자가 힘쓰는 것을 원치 않았다.

—Lasu min fari, mi diris, tio tro pezas
por vi.

"내가 할게. 네게는 너무 무거워." 하고 내가
말했다.

Malrapide mi suprentiris la sitelon ĝis la
rando de la puto. Tie mi starigis ĝin en
stabila pozicio. En miaj oreloj daŭre
sonis la kanto de la pulio, kaj. en la
ankoraŭ tremanta akvo, tremadis ankaŭ
la suno.

천천히 나는 두레박을 우물 가장자리까지 위
로 끌어올렸다. 거기서 완전히 평안하게 만들

었다. 내 귀에는 도르래의 노래가 계속해서 들리고 아직도 흔들리는 물속에서 조그맣게 흔들리는 해를 보았다.

─Mi sojfas tiun ĉi akvon, diris la eta princo, donu al mi por trinki…

"나는 이 물로 갈증을 풀게요. 제가 마시도록 주세요." 어린 왕자가 말했다.

Kaj mi komprenis, kion li serĉis!
나는 어린 왕자가 무엇을 찾는지 알았다.

Mi levis la sitelon ĝis liaj lipoj. Li trinkis kun la okuloj fermitaj. Tio estis dolĉa kiel festo. Tiu akvo ja estis io alia ol nura nutraĵo. Ĝi estis naskita el nia vojirado sub la steloj, el la kanto de la pulio, el la streĉo de miaj brakoj. Ĝi estis por la koro bona kiel donaco. Kiam mi estis knabeto, la lumo de la kristnaskarbo, la muziko de la noktomeza meso,[63] la dolĉeco de la

_____

63) 미사, 천주교의 성찬식

ridetoj same faris, ke la kristnaska donaco, kiun mi ricevis, kvazaŭ radias.

나는 두레박을 어린 왕자의 입술까지 올렸다. 물을 마시면서 눈을 감았다. 이것은 축제처럼 달콤했다. 이 물은 정말 단순한 영양분 이상의 무엇이다. 그것은 별 아래서 길을 걸고 도르래의 노래에서 내 팔의 운동에서 태어난 것이다. 그것은 선물처럼 마음을 기쁘게 한다. 내가 어렸을 때 성탄 트리의 빛, 자정 미사의 음악, 작은 웃음의 달콤함이 내가 받은 성탄 선물을 빛나게 해 주었다.

─Homoj ĉe vi, diris la eta princo, kulturas kvin mil rozojn en unu ĝarden o…kaj tamen ili tie ne trovas, kion ili serĉas.

"아저씨가 있는 곳에서 사람들은 정원 하나에 5천 송이의 장미를 길러요. 그러나 그들은 거기에서 자기가 찾는 것을 보지 못해요." 어린 왕자가 말했다.

─Ili ne trovas tion, mi respondis…

"그들은 그것을 찾지 못해." 나는 대답했다.

—Tamen ili povus ja trovi, kion ili serĉas, en unu sola rozo aŭ en iom da akvo…

"그리고 그들이 찾는 것은 한 송이의 장미나 약간의 물에서 정말 찾을 수 있을 텐데."

—Certe, mi respondis.
"맞아." 내가 대답했다.

Kaj la eta princo aldonis:
—Sed la okuloj estas blindaj. Necesas serĉi per la koro.

그리고 어린 왕자가 "그러나 눈은 보지 못해요. 마음으로 찾는 것이 필요해요." 하고 덧붙였다.

Mi estis trinkinta. Mi spiris bone. Tagiĝe la sablo estas mielkolora. Mi feliĉis ankaŭ pro tiu miela koloro. Kial, do, mi sentis kordoloron?

나는 충분히 마셨다. 편히 숨을 쉰다. 새벽에
하늘은 벌꿀 색이다. 나는 이 벌꿀 색 때문에
역시 행복했다. 그런데 왜 내가 호흡곤란을 느
꼈을까?

─Necesas, ke vi plenumu vian
promeson, dolĉe diris al mi la eta
princo, kiu denove sidiĝis apud mi.

"아저씨는 약속을 지키는 게 필요해요." 내 옆
에 다시 앉은 어린 왕자가 살며시 말했다.

─Kiun promeson?
"무슨 약속?"

─Vi scias… buŝumon por mia ŝafeto…
mi estas respondeca pri tiu floro!

"아시잖아요. 내 어린 양을 위한 입마개. 나는
그 꽃을 책임져야 해요."

Mi elpoŝigis miajn skizojn. La eta princo
ekvidis ilin kaj diris ridante:
─Viaj baobaboj iom similas al brasikoj…

나는 호주머니에서 끄적거린 그림들을 꺼냈다.
어린 왕자는 그것을 보고 웃으며 "아저씨의
바오바브나무는 양배추를 조금 닮았어요." 하
고 말했다.

─Ho!
"그래!"

Mi, tiel multe fieris pro miaj
baobab-desegnoj!

나는 내 바오바브나무 그림 때문에 그렇게 많
이 자랑스러웠는데.

─Pri via vulpo··· ĝia oreloj··· iom similas
al kornoj··· kaj estas tro longaj!

"여우에 대해서는, 귀가 약간 뿔처럼 생겼어
요. 그리고 너무 길고."

Kaj li denove ridis.
그리고 다시 웃었다.

─Vi estas maljusta, etulo, mi nenion

- 214 -

sciis desegni krom la fermitaj kaj malfermitaj boaoj.

"꼬마야. 너무하구나. 나는 속이 보이거나 보이지 않은 보아 뱀 말고는 아무것도 그리는 것을 몰라."

―Ho, tio taŭgos, li diris, la infanoj scias.

"아, 괜찮아요. 아이들은 다 알아요." 어린 왕자는 말했다.

Do mi krajonis buŝumon. Kaj, donante ĝin al li, mi sentis korpremon.

그래서 나는 연필로 입마개를 그렸다. 그리고 그것을 주면서 가슴이 미어지는 것을 느꼈다.

―Vi havas projektojn, kiujn mi ne kona s…

"너는 내가 모르는 계획을 세우고 있구나."

―Sed li ne respondis al mi. Li diris:

─Sciu, ke morgaŭ estos la datreveno de mia falo sur la Teron···

그러나 내게 대답하지 않고 "내일이 제가 지구에 떨어진 지 일 년째 되는 날이라는 것을 아시죠." 하고 말했다.

Kaj post silento li diris ankoraŭ:
─Mi falis proksime de ĉi tie···

그리고 침묵한 뒤 여전히 "저는 여기 가까이에서 떨어졌어요." 하고 말했다.

Kaj li ruĝiĝis.
그리고 얼굴이 붉어졌다.

Kaj ree, ne komprenante kial, mi eksentis strangan afliktiĝon. Tamen demando venis en mian menson:
─Do, ne estis hazardo, ke vi promenis tute sola, mil mejlojn for de ĉiuj loĝataj landoj, tiun matenon antaŭ ok tagoj, kiam mi konatiĝis kun vi! Ĉu vi tiam estis reiranta direkte al via falpunkto?

다시 이유를 알 수 없지만 나는 이상한 슬픔을 느꼈다. 그러면서 "그럼 내가 너를 알게 된 8일 전의 아침에 사람이 사는 곳에서 천 마일이나 멀리 떨어진 곳에서 완전히 혼자 걸어 다닌 것이 우연이 아니었구나. 그때 너는 네가 떨어진 지점을 향해 다시 돌아가고 있었지?" 하는 한 가지 의문이 떠올랐다.

La eta princo denove ruĝiĝis.
어린 왕자는 다시 붉어졌다.

Kaj hezite mi aldonis:
─Eble pro la datreveno?…

그리고 주저하며 나는 "아마 돌아갈 날 때문에?" 하고 덧붙였다.

La eta princo refoje ruĝiĝis. Li neniam respondis al demandoj, sed, kiam oni ruĝiĝas, tio signifas "jes", ĉu ne?

어린 왕자는 다시 붉어졌다. 결코, 질문에는 대답하지 않았다. 그러나 사람들이 붉어질 때 그것은 "예"를 의미한다. 그렇지?

―Ha! mi diris al li, mi timas⋯
"아! 두렵다." 나는 어린 왕자에게 말했다.

Sed li respondis al mi:
―Nun vi devas labori. Vi devas reiri al via maŝino. Mi atendas vin ĉi tie. Revenu morgaŭ vespere⋯

그러나 어린 왕자는 내게 "아저씨는 지금 일 해야 해요. 기계로 다시 돌아가야 해요. 제가 여기서 기다릴게요. 내일 저녁에 돌아오세요." 하고 대답했다.

Mi restis tamen maltrankvila. Mi memoris la vulpon. Oni riskas iom plori, se oni lasis sin malsovaĝigi⋯

그러나 나는 불안했다. 나는 여우를 기억했다. 길들었다면 조금은 울 각오를 해야 한다.

《XXVI》

Apud la puto estis ruino de malnova ŝtona muro. Kiam la sekvan tagon vespere mi revenis de mia laboro, mi ekvidis de malproksime mian etan princon sidanta tie supre, kun la kruroj pendantaj. Kaj mi aŭdis lin paroli:
―Ĉu vi do ne memoras? li diris. Estas ne ĝuste ĉi tie!

우물 옆에는 오래된 돌담의 잔해가 있었다. 다음 날 저녁 내가 일을 마치고 돌아왔을 때 멀리서 돌담 위에 다리를 걸친 채 앉아있는 어린 왕자를 보았다. 그리고 "그럼 너는 기억을 못 하니? 그곳이 정확히 여기는 아냐!" 하고 말하는 것을 들었다.

Alia voĉo sendube respondis al li, ĉar li kontraŭdiris:
―Jes ja! Jes ja! Ja estas la tago, sed ĉi tie ne estas la loko…

다른 소리가 분명히 대답했다. 왜냐하면 "그래

맞아! 그래 맞아! 이날이 맞아. 그러나 여기가 그 장소는 아냐." 하고 어린 왕자가 응답했기 때문이다.

Mi plue iris direkte al la muro. Mi ankoraŭ neniun vidis nek aŭdis. Tamen la eta princo denove respondis:
—…Certe. Vi vidos, kie troviĝas sur la sablo la komenco de miaj piedsignoj. Vi nur atendu min tie. Mi estos tie ĉi-nokte.

나는 계속해서 돌담을 향해 걸어갔다. 나는 아직 아무것도 볼 수 없고 들을 수 없다. 그러나 어린 왕자는 다시 "맞아. 너는 모래 위에서 내 처음 발자국을 보았을 거야. 오직 거기서 나를 기다려. 나는 오늘 밤에 그곳으로 갈게." 하고 대답했다.

Mi estis je dudek metroj de la muro, kaj mi ankoraŭ nenion vidis.

나는 담에서 20m 떨어져 있었고 아직 아무것도 보지 못했다.

Post silenta momento la eta princo daŭrigis:

―Ĉu vi havas bonan venenon? Ĉu vi estas certa, ke vi ne longe suferigos min?

잠시 침묵이 지난 뒤 어린 왕자는 "너는 좋은 독을 가지고 있니? 나를 오랫동안 아프게 하지 않을 자신이 있니?" 하고 계속 말했다.

Mi haltis, korpremate, sed mi ankoraŭ ne komprenis.

나는 가슴이 미어지면서 멈추었지만 아직 이해할 수 없었다.

―Nun foriru! li diris… Mi volas reiri malsupren!

"이제 가 봐! 나는 다시 아래로 내려가고 싶어." 어린 왕자가 말했다.

Tiam ankaŭ mi mallevis la okulojn al la piedo de la muro, kaj mi eksaltis! Tie estis, leviĝinta direkte al la eta princo, unu el tiuj flavaj serpentoj, kiuj ekzekutas[64] vin en tridek sekundoj. Samtempe klopodante elpoŝigi mian revolveron, mi ekkuris, sed, aŭdante la bruon, la serpento malrapide sinkis en la sablon, kiel malaperanta akvoflueto, kaj, ne tro rapidante, traŝoviĝis kun metala susuro inter ŝtonoj.

그때 나도 담 자락을 내려다보고 펄쩍 뛰었다. 거기에는 30초 이내에 사람을 죽이는 누런 독사 종류 하나가 어린 왕자를 향해 머리를 들고 있었다. 권총을 주머니에서 꺼내려고 애쓰면서 달려갔지만, 발소리에 뱀은 잦아 들어가는 분수처럼 모래 속으로 미끄러져 내려가고 별로 허둥대지도 않고 돌멩이 틈으로 가벼운 쉿소리를 내며 사라졌다.

Mi alvenis al la muro ĝustatempe por kapti en brakumon mian princan etulon, tiel palan, kiel neĝo.

---

64) (사형을)집행하다

나는 돌담에 다다른 바로 그 순간 눈처럼 창
백한 어린 왕자를 팔로 껴안았다.

─Kia afero! Nun vi parolas kun
serpentoj!

"무슨 일이니! 지금 뱀과 이야기했구나?"

Mi demetis lian ĉiaman orkoloran
koltukon. Mi malsekigis liajn tempiojn[65]
kaj trinkigis lin. Kaj nun mi nenion plu
kuraĝis demandi lin. Li rigardis min
gravmiene kaj brakumis mian kolon. Mi
sentis lian koron bati, kiel tiu de birdo
mortanta, fusilpafita. Li diris al mi:
─Mi estas kontenta, ke vi trovis tion,
kio mankis al via maŝino. Vi povos reiri
hejmen…

나는 항상 목에 두르는 황금색 목도리를 벗겨
냈다. 관자놀이를 적시고 마실 물을 주었다.
그리고 지금 나는 감히 물어볼 엄두가 나지
않았다. 어린 왕자는 나를 힘겹게 바라보더니

---

65) 관자놀이

내 목을 껴안았다. 나는 아이의 심장이 총에
맞아 죽어가는 작은 새의 심장처럼 떨리는 것
을 느꼈다. 내게 "저는 아저씨가 기계에서 부
족한 부분을 발견해서 만족해요. 아저씨는 집
으로 돌아갈 수 있어요." 하고 어린 왕자가 말
했다.

─Kiel vi scias tion?
"그것을 어떻게 알았니?"

Mi ja venis por anonci al li, ke malgraŭ
ĉiuj miaj malesperoj mia laboro
sukcesis!

나의 모든 절망에도 불구하고 수리에 성공했
다고 말하려던 참이었다.

Li nenion respondis al mia demando,
sed aldonis:
─Ankaŭ mi hodiaŭ reiros hejmen…

어린 왕자는 내 질문에 아무 대꾸도 하지 않
고 "나도 오늘 집으로 돌아갈 거예요." 하고
덧붙였다.

Kaj melankolie:

—Estas multe pli malproksime… multe pli malfacile…

그리고 슬프게 "아주 많이 멀고, 아주 매우 어려워요."

Mi sentis, ke io eksterordinara okazas. Mi premis lin en miaj brakoj kiel infaneton, kaj tamen ŝajnis al mi, ke li glitas suben en abismon, kaj mi ne povas fari ion ajn por lin reteni…

무언가 이상한 일이 생기리라고 깨달았다. 나는 어린 왕자를 어린아이에게 하듯 나의 팔에 꼭 껴안았다. 그러나 깊은 바닥을 향해 아래로 미끄러지는 것처럼 보였다. 그러나 다시 붙잡기 위해 할 수 있는 것이 아무것도 없었다.

Lia rigardo estis serioza, perdiĝanta en malproksimecon.

어린 왕자의 눈빛은 아득한 곳으로 사라지듯 심각했다.

—Mi havas vian ŝafeton. Kaj mi havas la keston por la ŝafeto. Kaj ankaŭ la buŝumon…

"나는 아저씨가 그려준 어린 양을 가지고 있어요. 그리고 양을 위한 상자를 가지고 있어요. 그리고 입마개도."

Kaj li melankolie ridetis.
그리고 어린 왕자는 슬프게 웃었다.

Mi longe atendis. Mi sentis, ke li iom post iom revarmiĝas.

나는 오랫동안 기다렸다. 나는 어린 왕자가 조금씩 몸이 따뜻해지는 것을 느꼈다.

—Etulo, vi timis…
"꼬마야, 너는 두렵구나."

Li estas timinta, kompreneble! Sed li dolĉe ridis.

어린 왕자는 물론 두려웠다. 그러나 환하게 웃

었다.

─Mi ankoraŭ pli multe timos hodiaŭ vespere…

"오늘 밤이 훨씬 두려울 거예요."

Denove antaŭsento de neriparebla tragedio glaciigis min. Kaj mi komprenis, ke mi ne kapablas toleri la penson, ke mi neniam plu aŭdos tiun ridon. Ĝi estis por mi kvazaŭ fonto en la dezerto.

다시 무언가 고칠 수 없는 비극이 일어나리라는 예감에 내 몸은 얼어붙었다. 이 웃음을 결코 더는 듣지 못한다는 생각이 견딜 수 없는 것임을 깨달았다. 그것은 내게 사막의 우물 같은 것이었다.

─Etulo, mi ankoraŭ volas aŭdi vin ridi…
"꼬마야 나는 여전히 네 웃음을 듣고 싶구나."

Sed li diris al mi:
─Tiun ĉi nokton unu jaro estos pasinta.

Mia stelo troviĝos ĝuste super la loko, kien mi falis lastan jaron…

그러나 어린 왕자는 내게 "오늘 밤이면 일 년이 돼요. 내 별은 지난해 내가 떨어진 곳 바로 위에 있게 돼요." 하고 말했다.

—Etulo, ĉi tiu afero pri serpento kaj rendevuo kaj stelo estas malbona songo, ĉu ne?…

"꼬마야, 뱀이나 만남이나 별 같은 이야기는 나쁜 꿈이다, 그렇지?"

Sed li ne respondis al mia demando. Li diris:
—Kio estas grava, tio ne videblas…

그러나 어린 왕자는 내 질문에 대답하지 않고 "중요한 것은 눈에 보이지 않아요." 하고 말했다.

—Certe…
"맞아."

—Estas kiel pri tiu floro. Se vi amas floron, kiu troviĝas sur iu stelo, estas dolĉe rigardi la ĉielon dumnokte. Ĉiuj steloj estas florumitaj.

"꽃도 마찬가지예요. 아저씨가 어느 별에 있는 꽃을 사랑한다면 밤중에 하늘을 쳐다보는 것이 감미로울 거예요. 모든 별이 꽃을 피울 테니까요."

—Certe…
"맞아."

—Estas same kiel pri akvo. Tiu, kiun vi donis al mi por trinki, estis kvazaŭ muziko pro la pulio kaj la ŝnuro… Vi memoras… ĝi estis bongusta.

"물도 마찬가지예요. 아저씨가 마시라고 준 물은 도르래와 줄 때문에 마치 음악 같았어요. 기억하지요. 정말 맛있었어요."

—Certe…
"맞아."

—Nokte vi rigardos la stelojn. La mia estas tro eta, por ke mi povu montri ĝin al vi. Estas pli bone tiel. Mia stelo estos por vi unu el la steloj. Tial vi ŝatos rigardadi ĉiujn stelojn··· Ili ĉiuj estos viaj amikoj. Kaj krome mi faros al vi donacon···

"아저씨는 밤에 별을 볼 거예요. 나의 별은 너무 작아서 아저씨에게 어디에 있는지 알려 줄 수가 없어요. 그래서 더 좋아요. 나의 별은 아저씨에게 많은 별 중 하나예요. 그래서 모든 별을 바라보는 것이 좋아질 거예요. 그 모든 별이 친구가 될 거예요. 그 밖에 아저씨에게 선물을 드릴게요."

Li denove ridis.
어린 왕자는 다시 웃었다.

—Ha, etulo, etulo, mi amas aŭdi ĉi tiun ridon!

"꼬마야, 나는 이 웃음소리 듣기를 좋아해."

―Ĝuste ĝi estos mia donaco⋯ estos kiel pri tiu akvo⋯

"정말로 그것이 제 선물이에요. 그 물처럼 될 거예요."

―Kion vi volas diri?
"무엇을 말하고 싶니?"

―Homoj havas stelojn, kiuj ne estas samaj. Por tiuj, kiuj vojaĝas, steloj estas gvidantoj. Por aliaj ili estas nur malgrandaj lumoj. Por aliaj, kiuj estas scienculoj, ili estas problemoj. Por mia negocisto ili estis oro. Sed ĉiuj tiuj steloj silentas. Vi mem havos stelojn, kiajn neniu alia havas⋯

"사람들은 같지 않은 별들을 가지고 있어요. 여행하는 사람에게 별은 길잡이예요. 다른 사람에게는 단순히 희미한 불빛이죠. 과학자들에게 그것은 연구대상이에요. 상인에게 그것은 황금이죠. 그러나 모든 별은 말이 없어요. 아저씨는 어느 사람도 갖지 못한 별을 가질 거예요."

—Kion vi volas diri?
"무엇을 말하고 싶니?"

—Kiam vi rigardos la ĉielon dumnokte,
ĉar mi loĝos sur unu el la steloj kaj
ridos sur unu el ili, tiam estos por vi,
kvazaŭ ĉiuj steloj ridus. Vi havos
stelojn, kiuj kapablas ridi!

"아저씨가 밤에 하늘을 바라볼 때, 제가 별 중
하나에서 살고 있고 별 중 하나에서 웃기 때
문에 마치 모든 별이 아저씨를 위해 웃는 것
처럼 될 거예요. 아저씨만 웃을 수 있는 별을
갖게 될 거예요."

Kaj li denove ridis.
그리고 어린 왕자는 다시 웃었다.

—Kaj, post kiam vi konsoliĝos[66] (oni
ĉiam konsoliĝas), vi estos kontenta, ke
vi min konis. Vi ĉiam estos mia amiko.

---

66) 위로하다, 위문하다

Vi deziros ridi kun mi. Kaj, foje, jen vi malfermos vian fenestron, nur pro plezuro··· Kaj viaj amikoj multe miros vidi, ke vi ridas, rigardante la ĉielon. Tiam vi diros al ili: 'Jes, la steloj ĉiam ridigas min!' Kaj ili opinios vin freneza. Kaj vi pensos, ke mi faris al vi sufiĉe aĉan ŝercon[67]···

"아저씨의 슬픔이 가라앉으면(우리는 항상 가라앉게 마련이다) 나를 알아 만족할 거예요. 아저씨는 항상 제 친구예요. 아저씨는 나와 함께 웃고 싶어질 거예요. 그리고 오직 그런 기쁨을 위해 창문을 종종 열게 될 거예요. 아저씨 친구들은 아저씨가 하늘을 보고 웃는 것을 보고 굉장히 놀랄 거예요. 그러면 아저씨는 그들에게 말하겠죠. '그래, 별을 보면 나는 항상 웃음이 나와.' 그러면 친구들은 아저씨가 미쳤다고 우길 거예요. 그리고 아저씨는 제가 넉넉히 쓸데없는 농담을 했다고 생각할 거예요."

Kaj li refoje ridis.
그리고 다시 웃었다.

---

67) 농담, 익살

-Estos, kvazaŭ, anstataŭ steloj, mi donus al vi amason da tintiletoj, kiuj kapablas ridi⋯

"마치 별 대신 웃을 수 아는 작은 종을 수만 개나 선물한 것이죠."

Kaj li denove ridis. Poste li serioziĝis.
그리고 다시 웃었다. 나중에 심각해졌다.

-Pri tiu nokto⋯ sciu⋯ Ne venu.
"그 밤에 대해. 아세요. 오지 마세요."

-Mi ne forlasos vin.
"나는 네 곁을 떠나지 않을 거야!"

-Mi aspektos kvazaŭ sentanta doloron⋯ mi mi aspektos iom kvazaŭ mortanta. Estas tiel. Ne venu por vidi tion, estas senutile⋯

"제가 고통스러워하는 것처럼 보일 거예요. 조금 죽어가는 것처럼 보일 거예요. 그럴 거예요, 그것을 보러 오지 마세요. 필요 없어요."

—Mi ne forlasos vin.
"나는 네 곁을 떠나지 않을 거야!"

Sed tio zorgigis[68] lin.
그러나 그것이 어린 왕자를 걱정하게 했다.

—Mi diras tion al vi… ankaŭ pro la serpento. Nepre necesas, ke ĝi ne mordu vin… Serpentoj estas malicaj. Ili povas mordi pro sia plezuro…

"그것을 말하는 거예요. 역시 뱀 때문에. 그것이 아저씨를 물지 않아야 하거든요. 뱀은 인정사정없어요. 즐거움 때문에 물 수 있어요."

—Mi ne forlasos vin.
"나는 네 곁을 떠나지 않을 거야!"

Tamen io trankviligis lin.
그러나 무언가가 어린 왕자를 편안하게 했다.

—Estas vere, ke ili ne havas plu venenon por mordi duafoje…

---

68) 돌보다, 걱정하다, 주의하다

"뱀이 두 번째 물 때는 독이 없다는 것이 사실이에요."

Tiunokte mi ne vidis lin ekvojiri. Li forkuris senbrue. Kiam mi sukcesis atingi lin, li estis iranta decideme per rapidaj paŝoj. Li nur diris al mi:
—Ha, vi estas ĉi tie…

그날 밤 나는 어린 왕자가 떠나는 것을 보지 못했다. 소리 없이 멀리 떠났다. 내가 쫓아가서 따라잡았을 때, 어린 왕자는 빠른 걸음으로 단호하게 걷고 있었다. 단순히 "아! 아저씨가 오셨네요!" 하고 내게 말했다.

Kaj li prenis mian manon. Sed li denove maltrankviliĝis.

그리고 내 손을 잡았다. 그러나 다시 걱정하고 있었다.

—Vi ne faras bone. Vi afliktiĝos. Mi ŝajnos morta, kaj tio ne estos vero…

"잘못하셨어요. 아저씨는 마음 아플 거예요. 죽는 것처럼 보이지만 그것은 사실이 아녜요."

Mi mem silentis.
나는 조용했다.

─Komprenu. Estas tro malproksime. Mi ne povas forporti tiun ĉi korpon. Ĝi estas tro peza.

"이해해 주세요. 너무 멀어요. 이 몸을 끌고 갈 수 없어요. 너무 무거워서요."

Mi mem silentis.
나는 조용했다.

─Sed ĝi estos kiel malnova forlasita ŝelo. Malnovaj ŝeloj ne estas malgajigaj aĵoj⋯

"그러나 그것은 낡아 버려진 껍데기 같을 거예요. 낡은 껍데기는 아무것도 슬플 게 없어요."

Mi mem silentis.
나는 조용했다.

Li iom senkuraĝiĝis. Sed li ankoraŭ streĉis siajn fortojn.

어린 왕자는 약간 용기를 잃었다. 하지만 여전히 기운을 내려고 애를 썼다.

ㅡNu! Estos ĉarme. Ankaŭ mi rigardados la stelojn. Ĉiuj steloj estos putoj kun rustiĝinta pulioj. Ĉiuj steloj verŝos al mi por trinki…

"보세요. 매력적이죠. 저도 별을 쳐다볼 거예요. 모든 별은 녹슨 도르래가 있는 우물일 거예요. 모든 별이 제게 마시라고 물을 흘릴 거예요."

Mi mem silentis.
나는 조용했다.

ㅡEstos tiel amuze! Vi havos kvincent milionojn da tintiletoj, mi havos kvincent milionojn da fontoj…

"참으로 신나겠지요! 아저씨는 5억 개의 작은
종을 가질 거예요. 저는 5억 개의 우물을 가
질 거예요."

Kaj eksilentis ankaŭ li, ĉar li ploris…
그리고 어린 왕자도 조용해졌다. 울고 있기에.

—Ĉi tie. Lasu min iomete paŝi sola.
"여기. 저 혼자 조금 걷도록 두세요."

Kaj li sidiĝis, car li timis.
그리고 두려워서 주저앉았다.

Li diris ankaŭ:
—Vi scias… pri mia floro… mi estas
respondeca! Kaj ĝi estas tiel malforta!
Kaj tiel naiva! Ĝi havas nur kvar etajn
dornetojn por sin defendi kontraŭ la
mondo…

또한 "아저씨는 알지요. 제 꽃에 대해, 저는
책임져야 해요. 그리고 꽃은 너무 허약해요.

그리고 그렇게 순진해요. 세상에 맞서 자기를
지킬 오로지 4개의 작은 가시밖에 없어요."
하고 말했다.

Mi mem sidiĝis, ĉar mi ne plu kapablas
stari. Li diris:
—Do… tio estas ĉio…

나는 더는 설 수 없어서 스스로 주저앉았다.
어린 왕자는 "그럼 그것이 전부예요." 하고 말
했다.

Li ankoraŭ iom hezitis, poste leviĝis. Li
faris unu paŝon. Mi ne kapablis moviĝi.

아직 조금 망설였지만, 뒤에 일어섰다. 한 걸
음 내디뎠다. 나는 움직일 수가 없었다.

Nur io flava fulmis apud lia maleolo. Li
restis senmova dum momento. Li ne
kriis. Li falis malrapide kiel forhakita
arbo. Tio eĉ faris neniun bruon, pro la
sablo.

오로지 누런 무언가가 어린 왕자의 발목 근처
에서 번쩍였다. 잠깐 움직이지 않고 그대로 서
있었다. 소리치지 않았다. 도끼에 찍힌 나무처
럼 조용히 쓰러졌다. 모래 때문에 어떤 소리조
차 들리지 않았다.

《XXVII》

Kaj nun, kompreneble, jam pasis ses jaroj··· Mi ankoraŭ neniam rakontis tiun ĉi historion. La kamaradoj, kiuj revidis min, estis ja kontentaj revidi min vivanta. Mi estis malgaja, sed mi diris al ili:"Ja pro laciĝo···"

그리고 지금 물론 벌써 6년이 지났다. 나는 이 이야기를 아직 한 번도 하지 못했다. 나를 다시 본 동료들은 내가 살아온 걸 보고 아주 만족했다. 나는 슬펐다. 하지만 나는 그들에게 "피로 때문에."라고 말했다.

Nun mi konsoliĝis iom. Verdire··· ne tute. Sed mi ja scias, ke li revenis sur sian planedon, ĉar ĉe la tagiĝo mi ne retrovis lian korpon. Ĝi ne estis tre peza korpo··· Kaj mi ŝatas dumnokte aŭskulti la stelojn. Estas, kvazaŭ tintus kvincent milionoj da tintiletoj···

지금 나는 슬픔이 조금 가라앉았다. 진실로 말

하면 전혀 아니다. 그러나 나는 어린 왕자가 자기 별로 돌아갔다고 정말 안다. 왜냐하면, 새벽에 나는 어린 왕자의 몸을 보지 못했기 때문이다. 그것은 그리 무겁지 않았다. 그리고 나는 밤에 별의 소리를 듣기 좋아한다. 그것은 정말 5억 개의 종이 울리는 듯하다.

Sed, jen, io eksterordinara okazas. Al la buŝumo, kiun mi desegnis por la eta princo, mi forgesis aldoni la ledan rimenon![69] Li certe neniam povis ligi ĝin al la ŝafeto. Do, mi demandadas min: "Kio okazis sur lia planedo? Eble la ŝafeto manĝis la floron⋯"

그러나 무언가 이상한 일이 생겼다. 나는 어린 왕자를 위해 그려준 입마개에 가죽끈을 부착하는 것을 잊었다. 어린 왕자는 결코 양에게 입마개를 묶을 수 없을 것이다. 그리고 궁금해졌다. "별에 무슨 일이 일어났을까? 아마 어린 양이 꽃을 먹었다."

Foje mi diras al mi: "Certe ne! La eta

---

69) 가죽끈, 벨트

princo enfermas sian floron ĉiunokte sub ĝian vitran kloŝon, kaj li bone gardas sian ŝafeton⋯" Tiam mi estas feliĉa. Kaj ĉiuj steloj dolĉe ridadas.

어느 때는 "확실히 아냐! 어린 왕자는 밤마다 유리뚜껑 속으로 꽃을 두고 어린 양을 잘 돌본다." 하고 혼잣말했다. 그러면 나는 행복하다. 그리고 모든 별은 달콤하게 웃는다·

Alifoje mi diras al mi:"Oni iam aŭ tiam estas senatenta, kaj tio sufiĉas! Iuvespere li forgesis la vitran kloŝon, aŭ dumnokte la ŝafeto eliris senbrue⋯" Tiam ĉiuj tintiletoj aliformiĝas en larmojn!⋯

어느 때는 "사람들은 언젠가 조심성이 없어. 그러면 그것으로 충분해! 어느 밤에 어린 왕자가 유리 뚜껑 덮는 것을 잊어버리거나 밤에 어린 양이 소리 없이 나간다." 하고 혼잣말한다. 그때 모든 작은 종이 눈물로 변해버린다.

Jen estas tre granda mistero. Por vi,

kiuj ankaŭ amas la etan princon, same kiel por mi, nenio en la universo estas sama, se ie ajn, oni ne scias kie, ŝafeto, kiun oni ne konas, manĝis aŭ ne manĝis rozon…

여기 매우 커다란 신비가 있다. 나와 마찬가지로 어린 왕자를 사랑하는 여러분에게, 우리가 알지 못하는 어느 곳에서라도, 우리가 알지 못하는 양이 장미를 먹었느냐 아니면 먹지 않았느냐에 따라 우주에는 아무것도 같지 않다.

Rigardu la ĉielon! Demandu vin: ĉu, jes aŭ ne, la ŝafeto manĝis la floron? Kaj vi vidos, kiel ĉio aliiĝas…

하늘을 쳐다보아라! 네게 '어린 양이 꽃을 먹었다는 것이 맞는지 아닌지?' 물어보아라. 그리고 그때 모든 것이 얼마나 달라지는지 볼 것이다.

Kaj neniu grandulo iam ajn komprenos, ke tio tiel gravas!

그리고 언제든지 어떤 어른이라도 그것이 그렇게 중요하다고 이해하지는 못할 것이다.

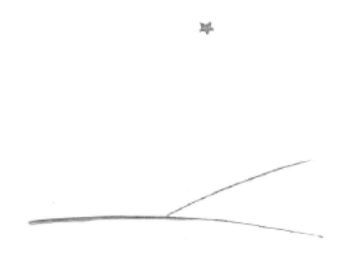

Tio ĉi estas por mi la plej bela kaj la plej malgaja pejzaĝo en la mondo. Ĝi estas la sama pejzaĝo, kiel tiu de la antaŭa ilustraĵo, sed mi desegnis ĝin ankoraŭ unu fojon, por bone montri ĝin al vi. Tie ĉi la eta princo aperis sur la Tero, kaj poste malaperis.

이것은 내게 세상에서 가장 멋지고 가장 슬픈 풍경이다. 이것은 전에 그린 것과 같은 것이지만 더 잘 보여주기 위해 다시 한번 그렸다. 여기서 어린 왕자는 지구위에서 나타났다가, 그리고 사라졌다.

Atente rigardu tiun pejzaĝon por esti certaj, ke vi rekonos ĝin, se vi iam vojaĝos en Afriko, en la dezerto. Kaj, se iam okazos al vi trapasi tie, ne rapidu, mi petas vin! Atendu iom, ĝuste sub la stelo! Se tiam infano venos al vi, se li ridos, se li havos orkolorajn harojn, se li ne respondos, kiam oni demandos lin, vi ja divenos, kiu li estas. Tiam estu bonaj! Ne lasu min tiom malĝoja: rapide skribu al mi, ke li revenis⋯

만약 언젠가 아프리카나 사막을 여행할 때 그 것을 보고 확신하기 위해 이 풍경을 자세히 살펴보아라. 그리고 언젠가 거기를 지나는 기회가 있으면 부탁하건대 서두르지 마라! 조금 기다려라, 정확히 별 아래서. 그때 꼬마가 나타나서, 웃는다면, 황금색 머리카락을 가졌다면, 사람들이 물었을 때 대답하지 않는다면, 누구인지 정말 짐작할 수 있을 것이다. 그러면

기뻐해라. 나를 그렇게 슬프게 두지 말고 어린
왕자가 돌아왔다고 내게 서둘러 편지해주라.

Pri Aŭtoro

ANTOINE DE SAINT-EXUPÉRY (naskiĝis la 29-an de junio 1900, mortis la 31-an de julio 1944) estis aviadisto kaj mondfama verkisto.

Li naskiĝis en Liono (Lyon). Li flugis unuafoje en 1912; de tiam lia pasio pri aviadiloj neniam malaperis. Post militservo en flugarmeo 1921-23, li dungiĝis en flugpoŝto kie li partoprenis en la evoluigo de aeraj ligiloj inter Eŭropo kaj Sud-Ameriko. Poste li revenis al Francio kiel provpiloto, ĝis la dua mondmilito. Li servis kiel piloto de observaviadilo, unue en franca armeo en 1939-40 kaj poste kiel majoro de la liberaj francaj pilotoj ĉe la usona armeo de 1942 ĝis sia morto dum misio, kiu okazis ĉe la mediteranea bordo, la 31-an de julio 1944. Pecoj de lia aviadilo estis retrovitaj proksime de Marsejlo en 2000 kaj klare identigitaj la 7-an de aprilo 2004 dank'al serinumero.

Dum sia tuta kariero li verkis multajn artikolojn por ĵurnaloj kaj romanojn.

Li estas unu el la plej konataj francaj verkistoj pro sukceso de sia fama rakonto «La Eta Princo» (Le Petit Prince) tradukita en 160 lingvojn. Li ricevis la premion Femina en 1930 pro «Nokta flugo» (Vol de Nuit) kaj la premion de la romano el la Franca Akademio en 1938 pro «Tero de la homoj» (Terre des Hommes).

저자에 대하여

앙투안 드 생 텍쥐페리(1900년 6월 29일 ~ 1944년 7월 31일)는 비행기조종사이자 세계적으로 유명한 작가였습니다.

그는 리옹에서 태어났습니다. 1912년에 처음으로 비행했습니다. 그 뒤부터 비행기에 대한 열정은 사라지지 않았습니다. 1921년부터 23년까지 공군에서 군 복무를 마치고, 비행우체국에서 유럽과 남미 간의 항공 연결 개발에 참여했습니다. 나중에 제2차 세계 대전까지 시험 조종사로 프랑스로 돌아 왔습니다. 1939-40년에 처음으로 프랑스 육군에서 관측 조종사로 일했으며, 1942년부터 1944년 7월 31일 지중해 연안에서 임무 중 사망할 때까지 미군의 자유 프랑스 조종사 지휘관으로 일했습니다. 그가 탄 비행기의 조각들이 2000년 마르세유[70] 근처에서 회수되었으며 2004년 4

---

70) 프랑스에서 두번째로 큰 도시이자 부슈뒤론 주의 주도. 지중해에 면해 있는 프랑스 제1의 항구도시로 론 강 하구 부근에 위치하고 있으며 북서쪽 349㎞ 지점에는 리옹, 북북서쪽 863㎞ 지점에는 파리가 있다. 이 위치는 지중해 지역에서 론 강 하곡을 경유해 북해 연안의 서부 유럽, 라인 강 중·상류 유역, 중부 유럽 지역과 연결되는 해안 교

월 7일 일련번호 덕분에 분명하게 확인되었습
니다.

조종사인 경력 내내 신문과 소설에 많은 기사
를 썼습니다.

160개 언어로 번역된 유명한 소설 "어린 왕자
"(Le Petit Prince)의 성공으로 가장 널리 알
려진 프랑스 작가 중 한 명입니다. 1930년 "
야간 비행"(Vol de Nuit)으로 페미나 상을,
1938년 "인간의 대지(Terre des Hommes)"로
프랑스 아카데미에서 소설 상을 수상했습니다.

두보에 해당된다. 따라서 지중해 연안의 유럽, 북부 아프
리카, 근동, 중동 지역은 물론 멀리는 인도양 및 태평양
연안의 아시아 지역에서 북해 연안의 서부 유럽으로 가는
물자 유통의 적환점(積還點)이며, 동시에 북해 연안의 서
부 유럽이 이들 지역으로 진출하는 전진기지 역할을 해왔
다.

Vortoj de tradukisto

Oh Tae-young

(Mateno, Dumviva Membro)

Mi donis dankon al tiuj, kiuj legas ĉi tiun libron.

Esperanto estis la espera voĉo, kiu venis al mi, kiam mi maltrankviliĝis pri paco, dum la 1980-aj jaroj. Tiam mi sentis pikan atmosferon de larmiga gaso en la universitato.

Mi lernis kun ĝojo pri la nova idealo.

Mi esperas, ke spertaj Esperantistoj povas ĝui la legadon de la originala teksto kaj komencantoj povas plibonigi siajn esperantajn kapablojn per referenco de la korea traduko.

Kanada Esperanto-Asocio rajtas traduki Esperanton kaj rekomendis la uzon de la 3a eldono, sed mi volas informi vin, ke mi uzis la 2an eldonon, kiun mi jam havis, kaj uzos 3an eldonon kiel reviziotan eldonon.

번역자의 말

오태영
(Mateno, 평생 회원)

이 책을 손에 들고 읽어내려가는 분들께 감사
드립니다.
80년대 대학에서 최루탄을 맞으며 평화에 대
해 고민한 나에게 찾아온 희망의 소리는 에스
페란토였습니다.
피부와 언어가 다른 사람 사이의 갈등을 풀고
서로 평등하게 의사소통하며 행복을 추구하는
새로운 이상에 기뻐하며 공부하였습니다.
능숙한 에스페란토사용자라면 원문을 읽으며
소설의 즐거움을 누리고 초보자는 한글 번역
을 참고해 읽으면서 에스페란토 실력을 향상
했으면 하는 바람입니다.

카나다 에스페란토 협회가 에스페란토 번역에
대한 권리를 가지고 3판을 사용하도록 권했기
에 개정판에는 이것을 사용하였고 거친 표현
대신 좋은 번역을 참고한 것임을 알려드립니
다. 카나다 에스페란토 협회에 감사드립니다.

에스페란토 직독직해 『어린 왕자』

인 쇄 : 2021년 5월 10일 초판 1쇄
발 행 : 2021년 6월 15일 개정 1쇄
지은이 : 앙투안 드 생 텍쥐페리
옮긴이 : 피에르 들레르(에스페란토) 오태영(한글)
펴낸이 : 오태영
출판사 : 진달래
신고 번호 : 제25100-2020-000085호
신고 일자 : 2020.10.29
주 소 : 서울시 구로구 부일로 985, 101호
전 화 : 02-2688-1561
팩 스 : 0504-200-1561
이메일 : 5morning@naver.com
인쇄소 : TECH D & P(마포구)

값 : 12,000원
ISBN : 979-11-91643-01-5 (03890)